COLLECTION FOLIO

Marie Nimier

Le Palais des Orties

Gallimard

Marie Nimier est née par un mois d'août caniculaire à l'hôpital Saint-Antoine, Paris XIIe. Elle commence à quinze ans une carrière chaotique de comédienne et de chanteuse, participe aux créations du Palais des Merveilles, de Pandemonium and the Dragonfly (aux États-Unis) et des Inconsolables, parfois sur la scène, souvent dans la rue ou dans des lieux insolites.

Elle a déjà publié une quinzaine de romans, traduits pour certains en Chine, aux États-Unis, en Allemagne, en Italie, au Japon, en Égypte, au Vietnam ou en Roumanie, dont *Sirène* en 1985 (couronné par l'Académie française et la Société des gens de lettres), puis *La girafe, Anatomie d'un chœur, L'hypnotisme à la portée de tous, La caresse, Celui qui court derrière l'oiseau, Domino, La Nouvelle Pornographie,* ainsi que des textes pour le théâtre (*La confusion, Adoptez un écrivain, Noël revient tous les ans, La violence des potiches*), des nouvelles, des livres pour enfants, et a écrit des chansons pour Jean Guidoni, Juliette Gréco, Art Mengo, Clarika, Enzo Enzo, Eddy Mitchell...

Dans *La Reine du silence,* récompensé par le prix Médicis, Marie Nimier s'attache à la figure de son père, l'écrivain Roger Nimier. La plupart des textes réunis sous le titre *Vous dansez ?* sont à l'origine du spectacle de la compagnie Beau Geste *À quoi tu penses ?*, chorégraphié par Dominique Boivin. Elle a également publié *Les inséparables* (2008), prix Georges Brassens, *Photo-Photo* (2010), *Je suis un homme* (2013), *La plage* (2016), *Les confidences* (2019), *Le Palais des Orties* (2020), et s'est engagée depuis une vingtaine d'années dans de nombreuses créations théâtrales, écrivant non seulement pour des comédiens, mais aussi des danseurs, des musiciens, une funambule, des peintres, des cinéastes et autres inventeurs de formes hybrides.

I

Il faut imaginer une campagne modeste, légèrement défigurée, sans exagération. Au fond de la vallée, notre vallée, s'élèvent des bâtiments entourés d'orties. Il ne s'agit pas d'une ferme abandonnée. Les orties, c'est nous qui les avons plantées.

Les orties, c'était mon idée.

Vue du ciel, la maison principale, celle que j'habite avec Simon et nos deux enfants, Anaïs et Noé, respectivement dix-sept et treize ans, semble petite comparée aux constructions alentour. Les granges sont recouvertes de tôles plates ou ondulées. Certaines, tapissées d'une mousse épaisse, donnent envie d'être un oiseau pour y plonger le bec. D'autres, mangées par la rouille, se transforment au fil des années en dentelles si fines qu'on se demande comment elles tiennent au vent.

Et ce jour-là, il y a du vent. Un vent d'ouest qui apporte la pluie. L'histoire commence un jeudi. Elle commence au printemps, le 28 mars très exactement. Je suis en train de trier les cagettes entassées près de l'ancien fenil quand apparaît un bruit du côté de la route, comme une contraction de paupière dans le paysage, ce qu'on appelle, je crois, une impatience. À mesure que je l'écoute, le bruit prend corps, se répétant à intervalles réguliers, sans que je puisse savoir s'il est effectivement plus fort ou si c'est moi qui l'entends mieux. La sonnette d'un vélo ? Des bouteilles qui s'entrechoquent ? Une clochette au cou d'un animal ?

Je m'avance, cherchant à voir au-delà des draps qui sèchent sur le fil. Rien. Je monte sur le tracteur pour élargir mon champ de vision. Je m'attends à trouver une chèvre égarée près du bras mort de la rivière, ce n'est pas plus compliqué que ça, une chèvre ou un mouton, me dis-je pour me rassurer, même s'il ne reste plus l'ombre d'un troupeau dans la région, et qu'il n'y a aucune raison objective de s'inquiéter. Pourtant oui, à cet instant, mon cœur se met à battre plus vite, et plus vite encore quand le bruit s'interrompt. Le silence s'étire pendant quelques secondes, je reste suspendue, en équilibre sur le marchepied. J'ai l'impression que quelqu'un m'observe.

Je me retourne : quelqu'un m'observe.

*

Une jeune fille se tient au milieu du chemin.

Une jeune fille, noyée dans le vert cru des champs d'orties.

Une jeune fille au teint mat venue d'on ne sait où, lunettes de soleil, sac à dos, turban bigarré recouvrant ses cheveux. Blouson et short en jean délavé, sans ourlet le short, un peu court pour la saison, découvrant des jambes nues que Cheese flaire avec insistance. Cheese, c'est le chien, un bâtard noir et blanc aux pattes solides. Depuis que nous l'avons adopté, il exprime sa reconnaissance en gardant la ferme, mais ce jour-là il n'a pas aboyé.

Je siffle entre mes dents.

Cheese dresse une oreille tout en continuant à tourner autour de la jeune fille comme s'il allait lui pisser dessus, il renifle ses baskets, remonte aux chevilles. Elle ne semble pas s'en apercevoir, son attention est ailleurs. Elle tire une feuille de la poche extérieure de son sac, la déplie soigneusement, l'observe plus qu'elle ne la lit. Quand elle a bien promené ses yeux sur la surface de la page, elle se remet en route vers la maison, toujours suivie du chien qui remue l'air de sa queue. Arrivée près du puits, elle s'arrête encore. Campée sur ses jambes et le buste dressé, elle enlève son turban en le tirant lentement vers l'arrière comme on enlève une perruque ou un masque de silicone, une de ces enveloppes souples qui modifient la nature des traits. Son visage se métamorphose.

La bouche grandit, le menton s'allonge.

Tombant jusqu'aux lunettes, une masse épaisse de petites boucles efface le front haut et bombé. Les épaules paraissent moins carrées, le corps plus fin comparé au volume de la chevelure. La jeune fille me fait un signe de la main. Sa voix est grave, légèrement poudrée.

— Je cherche, dit-elle, le Palais des Orties. Je cherche (un coup d'œil sur son papier) Nora Philippe et Simon Carpentier. Et Anaïs. Et Noé.

— C'est ici. Tu es Fred ?

La jeune fille acquiesce.

— Tu es en avance, non ? Tu devais arriver demain...

*

Je n'ai pas bonne mémoire. Quand j'étais petite, mes parents se moquaient souvent de ma distraction. Une vraie planche à savon, disaient-ils. Tu pourrais au moins essayer de te concentrer. Je me concentrais, sans résultat. Quand on sent qu'on dérange, on ne s'accroche à rien ou plutôt, en vous, rien ne s'accroche – c'est à ce prix que l'enfance devient supportable. Je dois vivre avec ça, avec ma tête en l'air. Il m'arrive souvent de confondre les visages et d'oublier les dates, mais cet instant où la jeune fille débarque chez nous, le jeudi 28 mars très exactement, alors que les premières fleurs du prunier sont sur le point d'éclore, reste gravé dans ma mémoire avec une précision qui m'étonne moi-même. L'arrivée de Fred marque le début d'un cycle nouveau. Une page se tourne. Il devient important de se souvenir.

Fred dégage une bretelle de son sac à dos en grimaçant. Nous avons prévu de la loger dans la caravane stationnée près de la rivière, mais rien n'est prêt, je n'ai pas encore apporté les draps ni enlevé les toiles d'araignées. Le tintement reprend. Je baisse les yeux. Fred porte autour de la cheville droite un bracelet indien avec des perles et un grelot.

— Ça ne te gêne pas ce bruit quand tu marches ?

Elle secoue la tête en signe de négation. Ses boucles suivent son mouvement avec un temps de retard, puis se remettent en place sur le front.

— Nous sommes jeudi aujourd'hui. Tu devais bien arriver vendredi, ou c'est moi qui déraille ?

Je ne sais pas pourquoi je l'ai tutoyée d'emblée. J'aurais préféré la vouvoyer, mais il me semble difficile de changer en cours de route, Fred aurait pris ça pour de la méfiance, et ce n'est pas un sentiment de méfiance qui m'habite, pas encore un sentiment de méfiance. Je suis simplement dérangée dans mes plans. Et à la ferme, les plans, on s'y tient.

— C'est quoi ton nom, Fred, Freddy ? Frédérique ? Il s'agit de ton vrai prénom ou c'est un surnom ? Pourquoi tu ne me réponds pas...

La jeune fille se dandine d'un pied sur l'autre et le grelot sonne. Dès qu'elle s'immobilise, le chien écrase sa truffe au creux de son genou, comme s'il cherchait à débusquer une bestiole cachée sous la peau.

— Tu comprends quand je te parle ?

Fred réajuste la lanière de son sac, m'adresse de nouveau un signe de la main, fait volte-face et repart sans un mot d'explication vers la route goudronnée avec son petit bruit de pestiférée.

Qu'elle s'en aille, je me dis. Trop belle pour travailler dans les orties.

Je reprends mon rangement. Avant le retour de Simon, je dois finir de dégager les cagettes qui se sont entassées entre le fenil et la citerne d'eau de pluie. À leur place s'élèvera bientôt le nouveau séchoir.

*

Comment était-elle venue de la gare ? En stop ? Ça marche encore le stop ? Évidemment, je ne pouvais pas la laisser repartir toute seule dans la campagne avec ses jambes à l'air et son gros sac à dos. Pour des raisons de sécurité, par solidarité, mais aussi et surtout, il faut bien le reconnaître, par pur intérêt personnel. Nous avions besoin de quelqu'un à la ferme, quelqu'un de gratuit s'entend, pour travailler dans les champs, à la cuisine, et récolter les premières orties, celles des soupes, des pestos et des jus primeurs. Nous n'avions pas les moyens de renvoyer une bénévole sous prétexte qu'elle était arrivée vingt-quatre heures en avance et que ses chevilles étaient plus fines que les pattes du chien.

— Cheese ! Cheese !

J'appelai, je sifflai encore, sans résultat. Noé pointa son nez à la fenêtre de sa chambre.

— Qu'est-ce qu'il y a maman ?

— C'est la woofeuse, j'ai aboyé. Elle est arrivée.

J'écrasai une cagette d'un coup de talon et, abandonnant mes gants sur le siège du tracteur, courus derrière la jeune fille.

II

Créé en 1971, Wwoof est un réseau mondial de fermes biologiques. Wwoof, pour World-Wide Opportunities on Organic Farms, comme Virginia, mais avec deux W et sans le L, épela Anaïs en regardant son frère.

— Tu connais Virginia Woolf, au moins ?

— Vite fait, répondit Noé dans un haussement d'épaules.

Le nom lui disait quelque chose, il pensait aux tracteurs.

— Les tracteurs Wolf, tu ne vois pas ? Ils fabriquent des tondeuses, des motoculteurs...

Anaïs n'avait pas insisté, si son frère ne lisait pas, c'était son problème.

Depuis qu'elle était partie en pension dans un lycée agricole, Anaïs avait plein d'idées pour que la ferme de ses grands-parents, qui était maintenant celle de ses parents, et peut-être un jour la sienne, puisse se développer. Elle croyait en un monde différent. Un monde où la richesse ne passerait pas par l'argent. Wwoof était une de ces associations qui aidaient, selon elle, à produire une nouvelle mentalité. Son but était simple : mettre en contact des bénévoles avec des agriculteurs qui, en contrepartie de quelques heures de travail, leur offraient le gîte et le couvert. Échange de convivialité et de connaissance, lisait-on sur le site, sans compensation monétaire ni lien de subordination. Il suffisait d'adhérer pour une somme modique, de publier son projet et d'attendre les réponses des wwoofeurs – ou des woofeurs, car le plus souvent l'association, en s'incarnant, perdait un w.

Côté maraîchage, les propositions se comptaient par centaines. Au Mesnil-sous-Jumièges, près de l'abbaye, on invitait des bénévoles à cueillir les pommes et à les trier. Chez les Vianney, mère et fils, l'accent était mis sur l'entretien des serres. Les repreneurs des Jardins de l'Orangerie, jeunes agricultrices dynamiques et passionnées – c'est ainsi qu'elles se présentaient, photos à l'appui –, proposaient une initiation aux techniques de la permaculture, en échange de travaux forestiers. Nos demandes étaient plus éclectiques. Nous avions besoin d'aide à chaque instant de la journée. Bien sûr, il aurait fallu se lancer dans de grands travaux, nettoyer les berges du bras mort et creuser des tranchées autour des champs pour éviter la propagation des orties, sans parler de la rénovation des hangars et des toilettes sèches que Simon rêvait de construire à la place de l'ancien poulailler (Simon avait des rêves singuliers), mais chaque chose en son temps, disait Anaïs. Si déjà nous trouvions un ou deux bénévoles pour alléger la charge quotidienne de travail, ce serait un bon début.

Anaïs pensait à nous, à notre fatigue. C'était nouveau et tellement émouvant qu'au moment de rédiger la petite annonce nous nous étions retrouvés comme des enfants, impressionnés par cette jeune personne qui voulait nous aider. Cette jeune personne qui était notre fille. Elle paraissait plus que son âge, souvent on nous prenait pour des sœurs. Je revois Simon en bout de table, faisant claquer les recharges de son stylo quatre couleurs, comme si le passage de l'une à l'autre pouvait activer la production de phrases. Il se caresse la joue gauche, les lèvres avec le pouce, remonte ses cheveux, allonge les jambes, s'étire, se replie de nouveau sur sa feuille. Dans un premier temps, il veut noter ses idées sous forme de liste, mais les mots résistent. À force de traire son stylo, il en extrait deux lignes qu'il relit, puis barre, puis recopie. De mon côté, au contraire, les mots s'empilent, trop nombreux. J'ai déjà noirci une page entière. Je n'arrive pas à écrire simplement ce que nous attendons et ce que nous sommes prêts à offrir. Anaïs ramasse les copies et se met à l'écart pour faire la synthèse. Elle revient au bout d'un quart d'heure avec la proposition suivante :

Vous aimez la vie simple et loyale ? Des champs à la cuisine, vous trouverez votre place au Palais des

Orties. Ambiance familiale garantie. Venez nous prêter main-forte ! Il y va de l'avenir de la ferme. Table commune et logement indépendant en caravane.

— Magnifique ! s'exclame Simon, en admiration devant sa fille. Le Palais des Orties, j'adore l'idée. Tu es géniale. Juste un détail, si tu permets... On pourrait écrire *camping-car* plutôt que *caravane.* Un camping-car, on imagine que c'est plus grand qu'une caravane, non ?

Je suis de son avis, mais Noé, un peu jaloux de sa sœur sans doute, accuse Simon de publicité mensongère. Camping-car, et pourquoi pas bungalow pendant qu'on y est ? Quant à transformer la ferme en Palais, c'est carrément n'importe quoi.

La conversation se tend. On ne parle pas à son père sur ce ton, dit Simon en gardant son calme, j'en ai assez de cette façon que tu as de toujours prendre le contre-pied.

Simon est d'un naturel pacifique, une longue tige qui plie au vent. Quand on mesure un mètre quatre-vingt-quinze, on n'a pas besoin d'élever la voix. Le silence qui suit est pesant. On se lève, on débarrasse la table pour alléger l'atmosphère et Noé file s'enfermer dans sa chambre. Sa chambre à lui, comme il l'a marqué sur sa porte en lettres rouges. Ma chambre à moi. Il redescend comme si de rien n'était quelques minutes plus tard sous prétexte de se servir un verre d'eau. Avec Noé, les colères ne durent jamais longtemps.

Il a une idée : Si on mettait *mobile home*, à la place de *caravane*?

Mobile home, avec un E à mobile et un seul M à home, il a vérifié, ça fait à la fois plus confortable et plus américain, dans le bon sens du terme, même si en l'occurrence l'appellation est inexacte, le mobile home étant, comme son nom ne l'indique pas, immobile. Alors que notre véhicule à nous, celui garé près de la rivière, est conçu pour rouler – mais avec ou sans roues, quelle importance? Personne ne viendra vérifier.

La bonne humeur est revenue. Travailler dans l'ortie, ce n'est pas très sexy. On pourrait même dire que ça craint, avance Noé en évitant le regard de son père. Le mobile home est un atout, et des atouts il nous en faut pour séduire les woofeurs.

*

Dans la fiche détaillée destinée à être publiée sur le site, Anaïs ne s'est pas étendue sur la localité, son attrait touristique ou sa nature sauvage, car nous habitons un pays qui ne possède ni l'une ni l'autre de ces qualités. Pas un terroir, non : une terre. Une petite terre banale, sans gare ni autoroute à proximité immédiate, mais avec un gros village tout de même, fier d'avoir gardé sa fête patronale pour la Saint-Rufin, son bureau de poste, sa boulangerie, sa pharmacie, son PMU, son camion boucherie-charcuterie et, les samedis matin, son marché un peu cher, mais bien pratique. Depuis le mois de décembre une fleuriste aux oreilles finement ourlées vient compléter le tableau des commerçants.

En guise d'illustration, Noé ressort de ses archives une photo de la plantation sous un ciel gris ardoise illuminé par un double arc-en-ciel. Anaïs valide la proposition. En regardant rapidement la photo, les orties ressemblent selon elle à des plants de cannabis. L'arc-en-ciel (le double arc-en-ciel, corrige Noé) renforce la ressemblance.

Est-ce cette image qui a attiré la jeune fille au grelot ? Quand nous en parlerons, elle prétendra que son choix était le fruit du hasard. Elle n'avait pas lu notre présentation (c'était bien la peine de s'être creusé les méninges), juste fermé les yeux et pointé sa souris sur la carte des adhérents. Et sous sa souris, il y avait le Palais des Orties.

Je me disais bien, si elle avait fait quelques recherches sur le Net, jamais elle ne serait venue travailler chez nous. En entrant le nom du village dans la fenêtre du navigateur, on tombe sur des articles concernant la fermeture de l'usine à papier. Pétitions, piquets de grève, manifestations, aucune démarche violente ou pacifique n'avait abouti. Un ouvrier mis à pied après trente-cinq ans de maison s'était immolé devant les grilles. La photo de l'homme transformé en torche humaine avait fait le tour des rédactions. Pour étouffer l'affaire, à défaut d'avoir réussi à étouffer le feu, la direction avait prétendu qu'il avait *des tendances*, et c'est ce mot qui ne passait pas. Ce mot que les journalistes reprenaient dans leurs articles.

Des tendances, ou des prédispositions à perdre son travail sans aucun espoir d'en trouver un autre ?

Encore aujourd'hui, quand on parle de lui au village, les gorges se serrent. Il arrive que l'odeur de la papeterie revienne nous narguer. Une odeur de boule puante. On raconte qu'il s'agit de poches de gaz enfermées dans les sous-sols qui se libèrent quand les nappes phréatiques atteignent un niveau critique. Moi je dis que cette odeur, on l'a dans le nez. Chevillée au corps. Les fantômes ne se voient pas : ils se sentent.

III

De Fred avant son arrivée à la ferme nous ne savons pas grand-chose. Elle a déjà pas mal bourlingué dans le domaine associatif, gardé des chats, des chiens, des plantes, des maisons et deux lamas échoués en Norvège, mais elle est nouvelle sur la plateforme. Elle se définit comme une voyageuse avide de se confronter à la nature, c'est-à-dire à elle-même, n'ayant pas peur de marcher dans la boue ni de se lever tôt. Les conditions matérielles lui importent peu. Elle désire, avant tout, se rendre utile.

Elle insiste sur ce point, le répétant à la fin de sa présentation, l'important pour elle est de *rendre service*, et je me rappelle m'être demandé en lisant sa fiche ce qui se cachait derrière ces deux mots. Rendre, mais rendre quoi, et à qui ? Avait-elle emprunté quelque chose ? Volé quelque chose ? Si au moins elle s'investissait dans une cause particulière, j'aurais compris sa démarche, mais non. Elle aidait n'importe qui, même les riches dont elle gardait les résidences secondaires et les animaux.

Il n'y avait pas de photo d'elle sur le site des woofeurs, sans doute pour ne pas attirer des propositions déplacées, juste un dessin où on la voyait de dos en train de marcher dans la campagne, comme je l'avais vue moi-même le jour de son arrivée anticipée à la ferme, avec ses hanches souples, ses cheveux coupés à la cisaille, un trait bien net dans l'épaisseur de ses boucles. J'avais couru pour la rattraper, sous le regard de Noé, toujours posté à la fenêtre de sa chambre. Je m'arrête à sa hauteur, le souffle court, je ne sais pas comment l'aborder. Je ne vais tout de même pas m'excuser, c'est elle qui a débarqué à l'improviste, pas moi. Fred soulève ses lunettes de soleil. Mes yeux se heurtent au bleu de ses yeux. Rien d'agressif dans ce regard, une sensation très douce au contraire, mais je ne m'attendais pas à trouver des yeux clairs sous les verres fumés. Un bleu limpide qui contraste avec la couleur de sa peau.

Elle sourit. Ma voix baisse d'un cran.

— J'avais prévu d'aller te chercher à la gare demain avec Simon, on serait rentrés à l'heure du dîner, j'ai déjà sorti un poulet du congélateur...

Un doute me saisit. Et si elle est végétarienne ? Fred n'a pas indiqué de régime alimentaire particulier sur sa fiche, mais peut-être est-ce un oubli.

Je lui demande si elle mange de la viande, au moins.

Je regrette le *au moins.* Fred chiffonne son foulard avant de le mettre dans la poche de son blouson.

— Oui, répond-elle en découvrant de belles dents d'une blancheur éclatante, ça m'arrive d'en manger *un peu.*

La conversation se suspend, à cheval entre mon *au moins* et son *un peu,* les bras tendus de chaque côté d'un corps imaginaire qui avance avec précaution sur un arbre coupé. Le pacte est signé. Nous allons faire, l'une comme l'autre, de notre mieux pour préserver l'équilibre du Palais. De notre mieux pour nous entendre.

Fred sourit encore, mais sans les dents cette fois. Comme je reste silencieuse, elle met des mots sur son embarras.

— Je suis désolée d'être arrivée en avance, s'excuse-t-elle, je ne suis pas du genre à compter mes jours. Le calendrier et moi, on est fâchés.

C'est une bonne nouvelle finalement. Si elle ne compte pas ses jours, elle ne comptera ni son temps ni ses efforts. En règle générale, les woofeurs doivent quatre heures d'activité quotidiennes, sauf le week-end, si l'on peut employer le verbe *devoir* qui va mal avec l'esprit de l'association, mais le plus souvent ils s'investissent bien au-delà de ce qu'on attend d'eux. À en croire l'énergie avec laquelle Fred s'installe dans la maison, on peut penser qu'il en sera de même avec elle.

Car, oui, Fred s'installe dans la maison. Pas dans le mobile home, la caravane, le je-ne-sais-quoi roulant ou non roulant stationné près du vieux platane, au bord de la rivière, et c'est peut-être à ce moment-là, et non avant, que commence vraiment l'histoire : quand Fred jette son foulard sur le lit d'Anaïs comme on jette un gant, nous lançant un défi dont j'étais bien en peine, alors, de mesurer les conséquences.

*

Depuis qu'elle était en pension, Anaïs ne revenait à la ferme que pour les vacances, et encore, pas toutes les vacances, souvent elle séjournait chez son ami, Fred pouvait bien occuper sa chambre. Les draps étaient propres, il suffisait d'ouvrir les volets. Le bois claqua contre le mur, un peu de peinture tomba, le petit bonhomme en métal qui servait à empêcher les volets de battre était coincé.

— Tu seras mieux ici que près de la rivière.

Fred me remercia.

— En bas, repris-je, comme si je devais me justifier, c'est bucolique, rien à dire, mais il n'y a pas de vue.

Frederica était d'accord avec moi. Tous ces saules qui se penchaient vers l'eau, ça donnait le vertige. Trop encaissé, en bas. La nature vous tombait dessus. De la chambre d'Anaïs, on pouvait accéder à une petite terrasse construite par le père de Simon, c'est là qu'il se mettait pour surveiller les vaches. De son perchoir, comme il l'appelait, il percevait des choses qu'on ne voyait pas de plain-pied : l'ondulation de leur dos, la trajectoire de leur queue.

Fred semblait impressionnée, sans doute ne s'attendait-elle pas à avoir une vraie chambre avec une terrasse, ou alors c'était le beau-père de Nora qui l'étonnait, sa compréhension aérienne des animaux.

— Tu vois les peupliers, derrière le champ d'orties ? Après, c'est la pelouse des voisins. Ils ne viennent que le week-end et n'ont pas d'enfants, tu ne seras pas dérangée. Le soleil se lève par là. En ce moment, la Grande Ourse est juste en face. Si tu manques de place pour suspendre tes affaires, on récupérera des cintres au supermarché. La salle de bains est au bout du couloir, n'hésite pas à serrer le robinet d'eau chaude du lavabo, il a tendance à goutter. Et le baquet dessous, c'est normal.

— Comment ça normal ?

— Il ne faut pas que tu t'inquiètes si ça coule.

— Je changerai les joints du siphon.

— Tu t'y connais en siphons ?

— Pas seulement en siphons. En soudure, en filasse, en robinets à entraxe spécial. Et surtout j'adore réparer. C'est mon truc, la réparation. J'ai un BTS plombier chauffagiste, je me débrouille aussi en maçonnerie.

Fred se mit à rire, je ne savais pas si elle se moquait de moi, je ne voulais pas la vexer – je la félicitai, et me félicitai au passage d'accueillir quelqu'un d'aussi compétent.

— Pour le tri des ordures, c'est Simon qui dirige les opérations. Je te préviens, il est un peu téteux.

— Té quoi ?

— Tatillon, si tu préfères.

Fred me regarda d'un air concerné. Je résumai, ou tentai de résumer, me prenant au jeu tel un enfant qui plie le monde à sa volonté. Il y avait quelque chose de réconfortant dans cette histoire de tri. Chaque déchet avait une place et un avenir. Les végétaux et les sacs en fécule de pomme de terre allaient dans la bassine sous l'évier avant d'atterrir sur le tas de compost près des plants d'artichauts. Le verre et le papier dans les conteneurs à l'entrée du village, en attendant on les stockait dans l'ancienne étable. Les bouteilles en plastique, le métal et les briques alimentaires dans le sac jaune suspendu au clou à l'entrée de l'arrière-cuisine. Pour le carton, ça dépendait des encres. Il y avait aussi les piles et les ampoules que nous déposions au supermarché ainsi que les bouchons en plastique épais, ceux de liège se mettant près du poêle pour allumer le feu. Le pain dur restait au fond de la panière, le mardi il partait aux bêtes. Je proposai à Fred d'écrire tout ça noir sur blanc. Elle répondit que ce n'était pas la peine, elle avait compris, il suffirait qu'on lui explique comment trier les cartons. J'avais oublié de parler de la fosse septique. Un peu chochotte, la fosse septique. Depuis quelques semaines, elle fonctionnait au ralenti, aussi était-il préférable de jeter le papier toilette dans la poubelle à côté, le temps qu'elle se retape.

Noé sortit de sa chambre, ses écouteurs plantés dans les oreilles et le fil flottant devant lui. Il était censé préparer son contrôle de français. Je lui fis signe de baisser la musique pour les présentations. Il me regarda comme si j'étais stupide, agitant sous mon nez la prise du casque qui n'était pas branchée. Lorsqu'il vit Fred, son attitude se modifia. Il rougit un peu. Je les laissai tous les deux. J'avais besoin de prendre du recul.

*

Je récupérai mes gants sur le siège du tracteur. Ils étaient déjà troués, pourtant je venais de les acheter, il fallait que je fasse attention aux agrafes des cagettes. Ces gants ne valaient rien, enfin rien, façon de parler, une poignée d'euros tout de même, des gants jetables en somme, fabriqués par des petites mains payées au lance-pierre. Simon allait me le faire remarquer une fois de plus : mon attrait pour les promotions relevait d'un calcul stupide, nous ne pouvions pas nous permettre ce genre de fantaisie. Si j'entendais ses recommandations, je ne les écoutais pas toujours et continuais à me laisser séduire par les têtes de gondole et les étiquettes fluorescentes. Je suis pleine de contradictions, oui Simon, tu as raison, c'est inscrit dans mon corps. Un dos étroit, des jambes fines et des seins à mordre dedans, comme disait ton papa. Tous les jours depuis mon adolescence, les hommes se sont retournés sur mon décolleté. Au fil des années, j'ai compris que ce n'est pas tant ma poitrine, mais le regard des autres qui est lourd à porter. Alors, pour qu'on me foute la paix, j'ai pris l'habitude de me cacher. Ou plus exactement, de cacher cette partie de moi qui dépasse de mon corps. Ou cette partie de mon corps qui dépasse de moi. C'est ainsi que Simon me connaît, ainsi que nous nous aimons, ainsi que nous nous ressemblons. Lui aussi se cache à sa manière. Il préfère oublier la période de sa vie qui a précédé notre rencontre. Je respecte sa discrétion. Certains secrets sont plus utiles enfouis que livrés en pâture. Ils ne sont pas faits pour être dévoilés. Aujourd'hui, il faudrait tout dire et marcher dans la rue comme des écorchés; moi je préfère la peau. Les tissus qui la recouvrent. Le ciel chargé de pluie, les rideaux de peupliers, les creux du paysage, ses drapés.

Le vent s'était calmé, il avait dû pleuvoir sur le plateau, mais ici pas une goutte. J'en avais assez de m'abîmer les mains, je décidai de brûler les cagettes endommagées au lieu de les démonter. Simon avait élagué le tilleul, nous ne manquions pas de petit bois. Le feu eut du mal à prendre. Le froid commençait à tomber, un froid sec et vertueux qui disait au cerisier de retenir ses fleurs. Fred demanda si elle pouvait m'aider. Cheese revint se poster près d'elle, ce n'était pas son genre d'adopter les inconnus. À moins qu'en arrivant Fred ne lui ait donné à manger, j'avais remarqué qu'un paquet de gâteaux dépassait de la poche latérale de son sac à dos. Tout s'expliquait : elle avait acheté le chien. Et maintenant c'était Rimbaud, le chat noir, qu'elle attirait en faisant des bruits de succion avec sa bouche. Et Rimbaud accourait, cet imbécile, il gambillonnait de travers, la queue frémissante érigée vers le ciel dégageant un anus rose étoilé. Ce chat souffrait d'un strabisme qui lui donnait un air totalement égaré. Au début Noé l'appelait Crétin, il trouvait que ça lui allait comme un gant, Crétin. Je n'aime pas qu'on se moque des humains à cause de leur physique – encore moins des animaux. J'avais insisté pour qu'on lui trouve un autre nom, ça avait été le sujet d'un long débat pendant un repas mémorable où, lasse de nous entendre discourir, Anaïs avait frappé un grand coup sur la table en disant que ce chat s'appellerait Rimbaud, point final.

Brouhaha, tintement de couverts, vote à main levée : le nouveau nom avait été adopté à l'unanimité.

Au début c'était de la pitié mais, le temps passant, je me suis vraiment attachée à ce chat. J'aime sa façon de ronronner quand on lui parle, ou de croire qu'il est invisible lorsqu'il se cache derrière un brin d'herbe. Fred le tient dans ses bras maintenant, elle le câline, lui dit des mots d'amour. Tu es beau, toi, roucoule-t-elle en appuyant sur chaque syllabe, comme on ne le fait plus pour parler aux bébés, de peur de les infantiliser, parce qu'ils sont assez infantiles comme ça, les bébés, pas besoin d'en rajouter.

Et Fred en rajoute.

Elle profite de l'air extatique de Rimbaud pour déverser ce trop-plein de tendresse qui semble l'envahir dès qu'elle se trouve en présence d'animaux, et le chat de ronronner de plus belle, l'œil droit au ciel et l'autre suivant la main de Fred, ses doigts fins aux ongles longs qui lui gratouillent le ventre.

Je me vengeai sur les cagettes. Non, je n'avais pas besoin d'aide, je me débrouillais très bien toute seule. Je portais un jogging gris et un sweat zippé par-dessus un body échancré, je n'osais pas descendre la fermeture éclair, je transpirais, je devais avoir des marques sous les bras. Le lendemain, j'avais prévu de mettre mon nouveau jean pour accueillir la woofeuse, et cette chemise que j'aime bien avec des poches sur les seins. C'est important les premières impressions. Raté. Fred me regardait alimenter le feu. Elle devait se dire : je suis tombée chez des bouseux. C'est à ça que je ressemblais avec ma queue-de-cheval, mon buste lourd et mes jambes minces, une bouseuse, de celles qui se coupent elles-mêmes les cheveux parce qu'elles n'ont ni le temps ni l'argent pour aller chez le coiffeur.

Et en effet, je n'avais ni temps ni argent à lui donner, au coiffeur, qui en l'occurrence était une coiffeuse exerçant à domicile. Et surtout je m'en moquais de mes cheveux, ils étaient très bien au naturel, comme on dit de l'ananas ou du thon. Et Simon aussi les trouvait très bien, ou alors il s'en foutait, nous avions d'autres priorités. Il faut avouer que les cheveux de Fred avaient du brio, ces petits ressorts décolorés par le soleil qui tourbillonnaient autour de sa tête étaient irrésistibles, on avait envie de les prendre et de tirer pour tester leur élasticité. Je renvoyai Cheese à la niche, il s'éloigna à contrecœur. Ce chien était d'une servilité désolante. J'aurais aimé lui dire : Ne m'écoute pas, mon petit, on ne va pas t'abandonner si tu me désobéis. Mais non. Il s'en allait, oreilles baissées. Un jour, avant qu'il n'atterrisse à la ferme, ses anciens maîtres avaient dû lui jeter des pierres pour qu'il s'éloigne le temps de refermer le coffre et de démarrer. Ils avaient accéléré en le voyant dans le rétroviseur, courant derrière la voiture. Fred l'avait compris qui le traitait avec tant de douceur. Peut-être avait-elle traversé, elle aussi, des épreuves difficiles. Peut-être était-elle au service des autres pour cette raison uniquement, pour se réparer. Comme elle restait immobile, dansant d'un pied sur l'autre devant le feu, je lui suggérai d'aller se rafraîchir.

Où étais-je allée chercher ce verbe ? Se rafraîchir, voyez-vous ça, comme dans les livres de la comtesse de Ségur. Fred repartit en trottinant vers la maison. Il lui manquait quelque chose, je mis un moment à comprendre ce qui me gênait : elle n'avait plus son bracelet autour de la cheville. Je me demandai si elle l'avait enlevé à cause de mes commentaires. Je m'en voulus un peu, je pouvais être si maladroite. Pour me racheter, je lui dis de faire comme chez elle dans la salle de bains, gel douche, shampooing, qu'elle n'hésite pas à se servir – là encore, je regrettai mes mots. Décidément, je collectionnais les bourdes. Fred allait penser que je trouvais qu'elle sentait mauvais.

De la gare, nous raconterait-elle plus tard, elle était venue à pied. Un camion s'était arrêté, le chauffeur semblait gentil, mais il n'allait pas dans sa direction. Un homme d'une quarantaine d'années avec deux sièges pour enfants à l'arrière avait également ralenti – il lui avait proposé de l'amener où elle voulait.

— Où je voulais, avait commenté Fred, c'était trop.

Elle s'était méfiée. Il l'avait traitée de pute, elle n'avait qu'à retourner dans son pays si sa bagnole n'était pas assez bien pour elle. Il avait redémarré en trombe.

Dans son pays, mais de quel pays voulait-il parler ? Souvent on la prenait pour une étrangère.

*

Le soleil était passé de l'autre côté de la maison. Simon n'était toujours pas rentré. Une forte odeur de vanille flottait dans la cuisine. Fred n'avait pas lésiné sur le shampooing. Elle bavardait avec Noé pendant que je triais les commandes, assise près du poêle. Ses cheveux étaient relevés avec des pinces qui m'appartenaient. Elle avait eu raison de les prendre, puisque je lui avais dit de faire comme chez elle, je ne pouvais pas lui en vouloir, mais quand même. *Au moins, un peu* (de retenue). Quelques mèches tombaient sur le côté. Elle les tortillait de l'index, écoutant d'un air songeur Noé qui lui racontait l'histoire de Cheese. On l'avait trouvé il y a trois ans près de la déchetterie, il errait depuis plusieurs jours dans les parages sans puce électronique ni tatouage pour l'identifier, ni collier, ni petite annonce à son effigie chez le boulanger ou chez le pharmacien. Personne ne le réclamait. Alertés par sa maigreur, nous avions commencé à le nourrir à même le sol près du pont, puis près de la grange sur une pierre plate, enfin dans une écuelle, devant la maison. Noé l'avait baptisé Cheese, ou Tchiz, les deux orthographes étaient acceptées, à cause de son sourire.

— Tu n'as pas l'impression, demanda-t-il à Fred, qu'il a l'air de sourire quand il nous regarde comme ça, avec ses yeux de chien battu ?

— Tu as raison, on dirait la Joconde. Si ça se trouve, Mona Lisa était une enfant perdue.

Noé approuva. Il caressait Cheese, cherchant mécaniquement la présence de tiques derrière ses oreilles et dans son cou.

— Et toi, reprit Fred en lissant un torchon, tu sais pourquoi tes parents t'ont appelé Noé ?

— J'ai ma petite idée, mais peut-être que j'invente...

— Il faut toujours connaître l'origine de son prénom, c'est très utile pour savoir d'où l'on vient. Ou plutôt : pour comprendre les rêves qui nous fabriquent. Moi par exemple, je m'appelle Frederica, à cause de la chanson. Je suis construite sur un petit tas de notes.

— La chanson ?

— Tu ne connais pas la chanson ? *Frederica, je vole vers toi, vers ton secret, au pays bleu, pays des amoureux...*

Fred s'arrêta brusquement de chanter. Elle venait de repérer une abeille près de la cuisinière. Elle l'incita à monter délicatement sur son doigt et fit signe à Noé d'ouvrir la fenêtre. L'abeille hésita, il fallut la pousser un peu pour qu'elle s'envole.

— Tu n'as pas eu peur qu'elle te pique ?

— J'ai fait ça toute ma vie, libérer les abeilles, je n'ai jamais été piquée.

— Les orties c'est pareil. On peut les cueillir à mains nues, mais il faut être né dedans. Mon père mange les feuilles crues, à même le champ.

Il prétend que c'est la meilleure façon de profiter des vitamines.

— Et toi, tu es né dedans ?

— Oui, mais je n'ai jamais essayé. Les orties, ce n'est pas mon truc. Tu m'imagines en train de brouter ?

— Moi, ça me tente. J'aimerais bien apprendre.

— Tu n'auras qu'à demander à papa, il te montrera. Il suffit de plier la feuille en deux, et encore en deux...

— Tu vois, tu sais le faire !

Il savait le faire, mais il ne le faisait pas, nuance. La fenêtre était restée ouverte. L'abeille revint se poser un instant à l'intérieur, elle planta sa trompe dans un joint du carrelage, balançant son corps d'avant en arrière, comme si elle voulait s'accoupler avec lui. Il y eut un nouveau silence. Fred détacha ses cheveux. Quand elle était petite, elle sauvait les mouches collées sur les tortillons recouverts de glu. Elle se sentait fière et courageuse, même si parfois les mouches y laissaient des pattes.

Noé tira son opinel de sa poche, le déplia d'un geste sûr et trancha deux morceaux de pain, en ramenant la lame vers lui, le pouce servant d'appui comme il avait vu ses parents et ses grands-parents le faire depuis toujours. Il dut se mettre sur la pointe des pieds pour sortir la Marmite du placard. Noé était petit pour son âge, mais il se comportait comme s'il était grand. Il n'aimait pas demander de l'aide.

— Tu connais ? dit-il à Fred en lui montrant le pot. Ça vient d'Angleterre. C'est Mike qui nous l'a laissé.

— Mike ?

— Le correspondant anglais d'Anaïs. Il ne voyageait jamais sans sa Marmite. *Marmaïte*, il prononçait, au début on n'a pas compris. Et surtout on n'a pas aimé. Mais en insistant, le goût est venu. Mike en rajoutait partout, dans la soupe, dans la sauce de salade... Avec lui, on s'est bien marrés.

Fred s'assombrit. Elle était désolée, elle n'avait pas apporté de cadeau, juste ça, dit-elle en faisant pivoter ses mains, comme si elle vissait une ampoule.

— Juste ça quoi ? demanda Noé, intrigué par son geste.

— Mes bras, ma force de travail. Et aussi... un savoir-faire.

— Un savoir... quoi ?

— Un truc que je sais faire.

Une voiture passait sur la route en contrebas, on l'entendait très fort, le vent venait de l'ouest, le temps allait changer. Noé sourit, il ressemblait à Cheese attendant une croûte du fromage.

— Ton père sait cueillir les orties à mains nues, reprit Frederica, et moi, je sais faire la chouette. Si tu veux, je t'apprendrai. Je sais imiter la pie aussi, le merle, et je me débrouille pour la mésange. Quant à la Marmite, oui, je connais, mais tu veux que je te dise ? Je trouve ça franchement dégueulasse.

Les deux mots résonnèrent dans la cuisine. *Dégueulasse, franchement dégueulasse,* Noé regarda la jeune fille comme si elle avait prononcé une obscénité.

— Tant mieux, lâcha-t-il en dévissant le couvercle jaune, il en restera plus pour les autres.

L'odeur de levure vint se mélanger à celle du shampooing. Noé plongea son couteau pour récupérer une noisette de pâte gluante qu'il étala sur son pain, avant de lécher la lame et de replier le couteau, c'est à ce moment qu'il croisa mon regard. Je lui fis remarquer que nous allions bientôt dîner, sans trop insister pourtant, je ne voulais pas passer pour une mère soûlante, Fred aurait tout le temps de découvrir ce que c'était que d'être la maman d'un garçon de treize ans. Noé regarda son téléphone, ce téléphone qu'il avait reçu à son entrée en sixième, fruit d'interminables controverses. Un portable, c'est indispensable quand on habite à quinze kilomètres du collège et qu'il faut prendre le bus deux fois par jour, même la directrice le disait. Indispensable, mais alors on faisait comment avant, avait répondu Simon – c'était son côté vieux con, disait Noé.

— Dix-sept heures cinquante-trois, lâcha-t-il la bouche pleine, papa va rentrer avec la nuit, le temps qu'il prenne sa douche et qu'on passe à table, ce n'est pas une petite tartine qui va me couper l'appétit.

Fred était assise sur le rebord de la fenêtre, comme si elle avait toujours été là. C'était l'impression qu'elle voulait donner, cette drôle de fille, d'avoir toujours été là, et pourtant rien de tel n'avait jamais franchi le seuil de la maison. Elle posait son regard sur un objet, puis un autre objet. Elle s'attardait, comme s'il lui fallait plus de temps qu'à nous pour en faire le tour, parce que ce n'était pas le tour qui l'intéressait. Je repensai au paquet de gâteaux. Où avait-elle jeté l'emballage ? Il faudrait que j'aille voir si elle ne l'avait pas mis dans la poubelle de la salle de bains. Le sac à dos était plié, parfaitement vide, je l'avais aperçu en passant dans le couloir, coincé entre le mur et la table de nuit d'Anaïs. Ça ne traînait pas avec Fred.

Ça ne traînait pas, et pourtant, ça traînait. *Au moins. Un peu.*

Ça prenait son temps, mais pas aux endroits habituels. Je l'imaginais à l'école, petite fille rêveuse faisant tournoyer son crayon entre ses doigts. Je me demandais ce que ça allait donner dans les champs, comment ses articulations allaient réagir au travail, comment ses yeux allaient supporter la poussière et le soleil. Il faudrait qu'elle se coupe les ongles, ils étaient trop longs, mais ce n'était pas la peine de le lui dire, elle s'en apercevrait bien toute seule.

IV

Pour ranger le plat de terre cuite, il faut grimper sur le tabouret près du poêle, c'est à ce moment-là, au moment de pousser sur ma jambe d'appui, que je sentis un liquide couler le long de ma cuisse. Instinctivement, mon périnée se contracta, ce qui eut pour effet d'accélérer la fuite au lieu de la stopper. Les muscles pressaient le tampon gorgé de sang. Je descendis du tabouret aussi calmement que possible, cuisses serrées, et laissai Fred quelques minutes seule dans la cuisine, prétextant que je devais appeler un client. Arrivée dans la salle de bains, je constatai l'ampleur des dégâts : une tache en forme de poire marquait mon jogging à l'endroit de la couture. Je mis le vêtement à tremper dans une bassine d'eau froide. Il ne fallait surtout pas essayer d'enlever la tache avec de l'eau chaude, sinon le sang allait cuire et se transformer en boudin, c'est ce que disait ma mère en pareilles circonstances. Ses yeux roulaient dans ses orbites, elle avait un regard très expressif, ma mère, surtout quand elle parlait de son intimité.

Du boudin au fond de la culotte. Du boudin séché. La Marmite à côté, c'était de la grande cuisine. Depuis le début de l'année et son cortège de bonnes résolutions, j'utilisais des tampons zéro déchet, mais je m'étais trompée dans le choix de la taille au moment de passer la commande. J'avais coché la case *flux normal* qui était en promotion, cinquante pour cent de réduction tout de même, au lieu de *flux abondant*. Après m'être changée, je redescendis en faisant semblant de parler au téléphone. J'avais enveloppé le tampon usagé dans un mouchoir en papier, il n'était pas question que je le jette à la poubelle, encore moins dans la cuvette des WC, sa place était dans la bassine à compost sous l'évier – juste à côté de la fenêtre où Fred était assise. Il me fallut beaucoup de courage pour le déposer parmi les épluchures. Je le recouvris d'une feuille de salade en saluant mon interlocuteur téléphonique imaginaire, lui promettant que sa commande passée sur le site serait livrée sans faute avant la fin de la semaine prochaine. Nous allions bientôt commencer la première récolte, une dizaine de jours de patience encore et il recevrait son colis. Je replaçai mon portable dans la poche de mon tablier. Pourquoi m'étais-je sentie obligée d'inventer ce coup de fil pour aller me changer ? Je me lavai les mains. La mousse forma un dôme à l'endroit de la bonde, je pensai : avec Fred, le mensonge est entré dans la maison. Le savon sentait bon le lait d'ânesse, une odeur qui restait longtemps sur la peau. C'est Anaïs qui me l'avait offert pour Noël, conditionné dans une boîte métallique si jolie que je m'étais demandé si c'était ça le cadeau, la boîte, plutôt que son contenu. À l'instant où je m'éloignais de l'évier, une ligne claire attira mon regard dans la bassine du compost : un ver rosâtre zigzaguait entre les épluchures.

La première image qui me vint à l'esprit fut l'anus de Rimbaud, plus ouvert que d'habitude, légèrement irrité peut-être. J'imaginai le chat accroupi au-dessus de la bassine, expulsant le ver solitaire. J'allai chercher le tison près du poêle et titillai le parasite pour voir s'il était encore vivant, mais rien ne bougea. Rien ne bougea, non parce qu'il était mort, mais parce qu'il ne s'agissait pas d'un ver solitaire, ni même d'un ver tout court. Il s'agissait de la cordelette du tampon.

La cordelette que Fred regardait à son tour d'un air dubitatif.

Je devançai sa question, faisant celle qui était parfaitement à l'aise avec le sujet. Oui, les protections biodégradables, déclarai-je en battant l'air avec le tison, se jettent dans le compost.

— Ah bon ? Je croyais qu'il ne fallait pas mettre de matière d'origine animale, pour ne pas attirer les rats.

Je n'avais jamais pensé que le sang, mon sang, était une matière animale. Prise au dépourvu, je répétai mécaniquement ce qu'affirmait Simon, les tampons biodégradables non seulement pouvaient, mais devaient être compostés. Fred fit une espèce de grimace qui en disait long sur le dégoût que lui inspirait cette pratique. Je sentis mes lèvres se serrer. Qu'est-ce qu'elle croyait ? Le sang comme la corne broyée étaient des engrais excellents, riches en éléments indispensables à la bonne croissance des végétaux. Si les protections ordinaires mettaient plusieurs centaines d'années à se décomposer totalement, le tampon bio disparaissait en quelques semaines.

Cette conversation n'avait que trop duré. Qu'est-ce qui me prenait de parler de mes règles avec cette jeune fille que je connaissais à peine ? Je m'en voulais, comme je m'en voulais de lui avoir dit que j'avais décongelé un poulet. On s'attend quand on arrive dans une ferme à manger de la viande fraîche et des légumes du jardin. En ce qui nous concernait, il faut l'avouer, ce n'était pas souvent le cas. Simon était chasseur, nous avions pris l'habitude de congeler les lapins et les cuissots de sanglier. Quant aux volailles, on en avait souvent deux ou trois d'avance, c'était pratique et plus économique de les acheter par lot de cinq, comme il nous semblait plus économique de commencer les cuissons à froid – sous prétexte, expliquerais-je à Fred le lendemain, de ne pas infliger à la viande un nouveau choc thermique.

*

— Nos produits sont vendus directement au marché, à la maison et surtout en ligne, via un site coopératif en plein essor, expliqua Simon dès le deuxième soir, alors qu'autour de la table nous mangions le fameux poulet. C'est à ce prix, et seulement à ce prix, qu'on arrive à s'en sortir. Tous les profits sont immédiatement réinjectés. Ici, on ne travaille pas pour la banque, on travaille pour l'exploitation.

Simon était agité, sa voix vibrait, il n'était pas dans son état normal. Il leva son verre et trinqua. Il en était à son troisième. C'était rare qu'il boive ainsi le soir, sans occasion particulière. À croire que la présence de Frederica était une raison suffisante.

— À l'exploitation ! répéta Simon. À l'exploitation !

Je regardai Fred du coin de l'œil. Si quelqu'un allait être exploité, c'était bien elle. De toute évidence, la balance penchait de notre côté : cette jeune fille toujours prête à travailler plus pour un salaire inexistant nous permettrait de boucler l'année sans trop de casse. Il s'agissait bien d'exploitation, même si Anaïs soutenait le contraire. Une exploitation consentie, c'est du moins ce que semblait penser Fred en me félicitant pour le croustillant de la peau du poulet. Partenariat *ouine-ouine*, comme disait encore Anaïs, gagnant-gagnant. En ce qui concernait le croustillant, j'avais un truc. Il ne fallait pas rincer le poulet pour enlever la colle des étiquettes, mais simplement bien l'essuyer et le frotter avec un demi-citron avant de le masser pour faire pénétrer le jus. Je dus m'exciter un peu en livrant ma recette, car Simon me demanda ce qui me prenait. Son intervention jeta un froid. Il s'excuserait plus tard alors que nous discutions au lit, il avait des soucis. Les travaux étaient rudes, cette jeune fille aux mains fines n'allait pas faire le poids. N'était-il pas plus raisonnable qu'elle reparte tout de suite, quitte à ce que nous lui versions un dédommagement pour le voyage ?

L'attitude de Simon me rassura quant à l'attrait que Fred exerçait sur lui, et même si je pensais qu'il n'était pas possible de la renvoyer avant une période d'essai, je lui avouai que moi non plus, je ne m'attendais pas à une fille de ce genre – de ce genre, tu veux dire quoi ? me demanda Simon, comme si j'avais dit quelque chose d'inconvenant. Genre métissée ? Genre jolie ?

Sa réflexion m'agaça, je bâillai, il était temps de dormir. Aujourd'hui, je sais qu'il avait raison. Genre jolie, oui. Tellement jolie. Ce n'était pas la première fois que Simon me surprenait en flagrant délit de sexisme ordinaire, non qu'il fût lui-même exempt de ce type de comportement, mais disons que venant d'un homme, ça le choquait moins. Il avait droit, pensait-il, à des circonstances atténuantes.

Le poulet, c'était le deuxième soir. Je vais trop vite. Le premier soir est moins brillant :

je fais cuire des pâtes. Il reste du râpé dans le frigo, manque de bol il est moisi. Si nous avions été entre nous, je me serais contentée d'enlever les filaments verts – en présence de Fred, je me sens obligée de jeter tout le paquet. C'est chiche, la séparation du moisi. Pas chiche dans le sens *chiche!* avec un point d'exclamation à la fin, chiche pour dire radin, ou, comble de l'humiliation, nécessiteux. Noé trouve une boîte de tomates pelées dans l'arrière-cuisine, je bricole une sauce avec de l'ail et des oignons. Personne ne commente. Simon rentre à la maison d'assez mauvaise humeur. Son rendez-vous à la banque s'est mal passé, et la livraison des plants commandés en Belgique est annoncée pour le lendemain, il faudra au plus vite les mettre en terre, nous n'allons pas y arriver, même si Noé nous donne un coup de main. La lèvre supérieure de Simon se retrousse quand il voit Fred dans la cuisine. Son petit sourire de travers, celui qui le fait ressembler à son fils, ne le quitte pas de la soirée. Comme j'ai pu l'aimer, ce petit sourire, mais ce soir-là il me fait peur. Au moment de débarrasser, Simon veut montrer à Fred où se trouve le compost et commence à énoncer la liste des aliments autorisés. Fred l'interrompt. Elle est au courant.

— On met aussi les tampons dedans, ajoute-t-elle, Nora m'a tout expliqué.

Elle m'adresse un clin d'œil. Téteux, je pense, c'est le mot qui se cache derrière son signe de complicité. Je m'en veux d'avoir accolé cette épithète à la douce personne de Simon. Il est ça, et beaucoup mieux que ça. La précision avec laquelle il organise le quotidien est indispensable à la survie de l'exploitation, sans elle, nous n'aurions jamais tenu.

Après le dîner, pendant que je vérifie les comptes, Simon s'installe dans le canapé devant la télévision, ou plutôt devant le tissu péruvien qui recouvre le téléviseur, car depuis le passage aux nouvelles normes de diffusion, l'appareil est obsolète. Pour les informations, nous regardons la radio, que nous avons placée sur le téléviseur dans un premier temps, puis carrément devant en repoussant l'écran. Fred est assise à côté de Noé. Elle lui demande si ça lui plaît d'habiter à la campagne. Noé ne répond pas directement à la question. Il préférait du temps de ses grands-parents, quand il y avait les animaux, d'ailleurs c'est pour cette raison qu'on l'avait appelé Noé, non ? Parce qu'ici, quand il était petit, c'était une vraie ferme, avec des veaux qui naissaient au milieu de la nuit et des lapins dans les clapiers, pas un truc de monomaniaques.

— Orties, orties, orties. Tu parles d'une vie.

Je le gratifie d'un soupir compatissant. Je suis d'accord, moi aussi j'aimais bien m'occuper des bêtes, des vaches particulièrement, mais c'était invivable, économiquement parlant. Je raconte à Fred comment la transition s'est opérée. Au tout début, j'ai commencé par ramasser des orties dans les terrains vagues autour de la carrière, autour de l'ancien lavoir et dans la forêt. J'en ai fait des soupes que je vendais directement à la ferme. Les gens m'aimaient bien, et surtout ils aimaient mes bocaux vert émeraude et leurs étiquettes maison décorées par les enfants. Je me suis rapidement constitué une clientèle qui habitait de plus en plus loin, et j'ai dû aller de plus en plus loin pour trouver les orties, tant et si bien qu'on a décidé avec Simon de planter un premier champ, un deuxième, enfin toutes les prairies ont été reconverties. L'ortie aime les terrains déséquilibrés, saturés en azote, et c'est exactement ce dont nous avons hérité : une terre faite de bouses, de crottes, de fientes et de crottins. Nous sommes aujourd'hui à la tête d'un empire vert – et bientôt, quand la culture du cannabis sera légalisée, on opère la grande conversion.

— Et là, ajoute Noé en levant le pouce, grâce au réchauffement climatique, on gagne le jackpot.

En attendant, on se débrouille comme on peut. Anaïs a une bourse qui couvre les frais d'internat et le transport, Noé nous aide le week-end, il va au potager avec son père. Simon a compris comment lui parler quand il s'agit de travailler, d'homme à homme. Noé fait avec moi le marché du samedi, nous partons tous les deux, j'aime sentir son souffle dans la camionnette. Il garde au réveil sa douceur enfantine. Quand nous arrivons sur la place, il m'aide à décharger, à organiser l'étal, puis il disparaît. Il ne tient pas à être vu par ses copains de classe.

La bonne époque des bonbons que lui apportaient les clientes, des petits cadeaux et des produits vendus pour faire plaisir au gamin est révolue.

*

Depuis l'inscription de nos produits sur le site, nous passions beaucoup de temps à préparer les commandes et à remplir des formulaires en ligne, mais, comme disait Simon, ça valait le coût. Au fil des années, nous avions diversifié notre activité. La soupe restait notre fleuron, et même si nous la produisions de façon moins artisanale, elle avait gardé sa saveur et sa couleur unique grâce à l'adjonction (il faut que ça reste entre nous, maman, disait Anaïs, exclusivement entre nous) de quelques gouttes de bleu de méthylène qui contrebalançaient la perte de couleur due aux normes de stérilisation. La cueillette était toujours manuelle, ainsi qu'on pouvait le lire sur l'étiquette, comme pour les haricots surgelés en provenance du Kenya. Je n'ai jamais compris ce que ce genre de phrase ajoutait, mais ça marchait. Les clients y voyaient sans doute la marque d'une attention minutieuse. Ils étaient prêts à payer plus cher un produit agricole qui avait connu la main de l'homme, ou de la femme, en l'occurrence. Nous proposions également du pesto, du sel d'ortie avec de la poudre de racines qui lui donnait une belle couleur jaune, des feuilles en vrac, en infusettes ou sous forme de gélules, des graines, des paillettes spéciales plantes vertes pour les petites natures, celles que l'idée de la décomposition rebute, une sorte de *purin sec* avait écrit Anaïs sur la fiche de présentation du site, et depuis que la législation avait levé l'interdit, le fameux purin liquide cette fois, cent pour cent naturel, qui nous causait quelques problèmes avec les voisins. Ils n'appréciaient guère les bacs de macération situés en lisière de propriété. Il faut reconnaître que l'odeur n'était pas très agréable, c'est bien pour cette raison que nous les avions installés près de chez eux, au plus loin de la ferme. Nous avions aussi essayé la gelée d'ortie, sans grand succès. Les pots nous étaient restés sur les bras – c'était un mauvais souvenir.

Anaïs insistait pour que nous nous lancions dans la production de compléments alimentaires pour la filière équine – c'est un bon plan, affirmait-elle, la filière équine. Il fallait pour cela de nouveaux équipements, et qui dit nouveaux équipements dit emprunter de l'argent, rendez-vous chez le banquier, et avec le banquier, conclut Simon le deuxième soir en tapant brusquement sur le bras du canapé, on ne parle pas la même langue.

Fred plissa le front, comme si c'était elle qui avait reçu le coup.

— Ce qu'il faudrait créer, dit-elle d'une voix douce, ce sont des produits qui exigent peu de travail, peu d'investissement, et qui rapportent beaucoup d'argent.

Simon devait la trouver bien naïve.

— Tu penses à quoi ? demanda-t-il.

— Des produits qui ne se mettent pas forcément dans le corps, mais sur le corps. Des cosmétiques aux orties par exemple, des lotions, ou quelque chose avec les graines, une crème exfoliante...

— Pourquoi pas de la crème au poil à gratter, dit Noé, cherchant du regard la complicité de son père, mais Simon haussa les épaules et la conversation retomba.

On n'entendait plus que les cliquettements du clavier sous mes doigts. J'avais presque fini les comptes, tout était dans le presque.

— Je meurs de sommeil, dit Fred en bâillant.

Elle laissa tout le monde en plan. Noé lui emboîta le pas. Ils grimpèrent l'escalier en faisant la course. La porte de la chambre d'Anaïs claqua avant celle de Noé. Fred avait gagné. Des enfants, pensai-je en souriant. Ce sont des enfants.

*

Avant la cuisson du poulet, l'usine à papier ou le jardin des voisins, il aurait fallu parler de la ferme, de ses transformations et des circonstances de notre installation, mais je repousse toujours le moment de le faire. Ce ne sont pas de bons souvenirs. Nous avons hérité de l'exploitation il y a huit ans. Les parents de Simon sont morts dans un accident de voiture à la sortie de la nationale. Le père conduisait. Personne ne lui a coupé la route. Il a fait ça tout seul, comme un grand, les cicatrices noires sur l'asphalte, le tournant en épingle à cheveux, les tonneaux. Pour sauver sa mémoire à défaut de sauver sa peau, on raconte au village que le père de Simon, grand chasseur devant l'Éternel, aurait été surpris par un sanglier. On ne s'étend pas sur son alcoolémie, on préfère mettre l'accent sur le jaune de la robe que portait son épouse. Le couple venait de fêter ses noces de velours au Restaurant du Moulin.

La mère de Simon n'est pas partie sur le coup. Les derniers jours de sa vie furent particulièrement douloureux pour nous tous, elle seule semblait échapper à l'abattement grâce à la colère qui l'avait submergée dès qu'elle avait repris conscience dans son lit d'hôpital. Elle était furieuse parce que les médecins avaient découpé sa robe. Il n'y avait que ça qui lui importait. Sa robe. Elle voulait faire marcher l'assurance responsabilité civile, mais personne ne la prenait au sérieux. Ils étaient là autour d'elle à vérifier sa tension et à remplacer les poches en plastique qui se vidaient au goutte-à-goutte dans son corps au lieu de remplir les formulaires. Elle appelait son mari à son secours, mais son mari ne venait pas, elle rageait, encore à la ferme, disait-elle, toujours à la ferme, il n'en a que pour ses bestiaux. Quand elle comprit que son mari était mort dans l'accident, elle oublia la robe jaune et laissa tomber sa voix. Son état se dégrada d'un coup. Il fallait approcher l'oreille de sa bouche pour entendre ce qu'elle disait. Elle parlait de l'utilisation des économies qu'elle gardait sur un livret de Caisse d'Épargne si *par hasard* il lui arrivait *quelque chose.* Avec cet argent, elle voulait que Simon fasse réviser la toiture de la maison principale par un professionnel – c'était sa dernière volonté, son obsession finale qu'elle déclinait en boucle pour oublier, sans doute, qu'elle ne reverrait plus jamais son mari.

— Tu m'entends, murmurait-elle, tu as bien compris mon lapin ?

Le lapin baissait les yeux, son dos s'arrondissait. Ma belle-mère mettait l'accent sur le mot *professionnel,* il ne fallait surtout pas faire appel à un gars du coin qui grimperait sur le toit avec son pistolet à silicone – à croire qu'elle avait eu de mauvaises expériences avec les gars du coin ou les pistolets à silicone. Toujours est-il : ses économies devaient servir à mettre ses petits-enfants au sec.

Anaïs et Noé méritaient de vivre dans une maison imperméable.

Pourquoi ne pas refaire plutôt l'électricité ou installer un chauffage digne de ce nom ? Nous partagions la ferme avec mes beaux-parents depuis plusieurs années, et jamais nous ne nous étions plaints des fuites. Il pleuvait dans les chambres ? C'était le prix à payer, une sorte de loyer sans lequel nous nous serions sentis coupables d'avoir investi les lieux à la naissance de Noé. Nous ne savions pas où aller. La mère de

Simon avait insisté pour que nous emménagions à la ferme, Simon ne s'entendait pas bien avec son père, mais n'était-il pas temps de laisser de côté les rancœurs adolescentes ? – on se serrera les coudes, disait-elle en dodelinant de la tête, et effectivement, on s'était serrés.

Les coudes, mais aussi les côtes, les dents, les poings quand il fallait.

J'avais gagné au passage de nouveaux parents, je n'étais pas fâchée d'échanger. Les miens filaient le parfait amour dans une résidence du sud de l'Espagne, ils ne s'intéressaient que de façon épisodique à leurs petits-enfants, m'envoyant des chèques pour leurs anniversaires que je devais convertir en cadeaux et qui souvent servaient, il faut bien l'avouer, à régler les factures. Je notais les sommes détournées dans un petit carnet. Un jour, pensais-je, ça ferait une jolie somme qui tomberait du ciel. Un jour, quand la ferme dégagerait assez de bénéfices pour nous rémunérer, on rêvait, on pouvait toujours rêver. Le père et la mère de Simon m'avaient adoptée. J'ai pleuré à leur mort plus que leur fils. Il disait pour me consoler qu'ils étaient partis juste avant la faillite. Son père n'aurait jamais accepté de se séparer de ses bêtes, même si elles lui coûtaient plus d'argent qu'elles n'en rapportaient. Peut-être était-ce mieux ainsi.

Aujourd'hui, huit ans après l'accident, le toit de la maison est révisé mais les bassines montent toujours la garde aux endroits sensibles. Nous n'arrivons pas à les enlever, comme si nous ne voulions pas admettre que le temps des fuites est révolu – comme si l'admettre dérangeait l'économie de nos souvenirs.

L'étanchéité appartient aux nantis.

Est-ce pour cette raison que nous tardons à remplacer les tôles qui recouvrent les hangars ? J'en parle le soir avec Simon. Je fais des estimations, compare les prix, programme la livraison des matériaux.

Au dernier moment, j'annule la commande, et c'est comme si de l'argent frais déboulait dans la caisse. Un petit air de vacances qui ne dure pas longtemps. Il y a toujours des dettes à rembourser, une cuve à remplir, un outil à remplacer.

L'argent coûte cher au pays des orties. Avant de le dépenser il est d'usage de passer en revue tous les bénéfices qu'il y aurait à ne pas le faire.

La vétusté des toitures, en l'occurrence, présente quelques avantages, dont un qui nous tient particulièrement à cœur : quand le thermomètre plonge en dessous de zéro, les gouttes de pluie s'immobilisent dans les trous de la tôle au lieu de glisser vers le sol et sculptent un ciel de pendeloques qui accrochent la lumière. Chaque année, on les photographie. C'est notre luxe à nous. Notre galerie des Glaces.

Noé nous a demandé de lui garder les tôles percées quand nous les changerons, il a le projet de construire une cabane aveugle, c'est-à-dire sans fenêtre, comme une boîte noire traversée par des traits lumineux se croisant à l'intérieur. Noé est d'un naturel solitaire. Il aime bricoler avec des matériaux de récupération, et bricoler tout court, il tient ça de son grand-père. Cet hiver, il a réalisé trois panneaux solaires constitués de canettes en aluminium peintes en noir. Simon lui a promis de l'aider à les installer dès qu'il aura le temps.

Le temps ? Il faudra être patient.

V

Le vendredi suivant son arrivée, Fred m'accompagne au village. La première semaine de travail s'est très bien passée, il n'est plus question de renvoyer la woofeuse. Avant de commencer le repiquage, pendant que Simon préparait le terrain, elle m'a aidée à confectionner les boissons énergétiques à base d'orties vendues en bouteille de trente-trois centilitres, par respect pour les intestins des consommateurs. Afin d'arrondir le goût et la texture, nous avons ajouté du jus de pomme, du concombre, du gingembre frais ou de la vanille. D'habitude on filtrait, mais Fred m'a convaincue d'abandonner cette étape pour gagner du temps – les clients liraient dans la présence du dépôt au fond de la bouteille une marque de qualité.

Sur le pont qui enjambe la rivière, Fred s'accoude au parapet et reste un long moment à observer le paysage. Mais comment tu peux dire que c'est banal, ici ? demande-t-elle enfin en montrant la campagne d'un geste de semeuse.

Fred a un adjectif pour tout, le sentier, les branches du saule pleureur et, à la sortie de l'île, la cascade.

— Tu l'entends ce mot? *Cas-Cad.* On dirait de l'eau qui joue à saute-mouton. Ton fils ne vient jamais se promener avec toi?

— Noé n'aime pas salir ses chaussures. Je suis la seule à marcher dans cette famille.

— Maintenant tu n'es plus toute seule. Je suis là. On ira se balader quand tu veux, même la nuit, s'il y a trop de travail pendant la journée. J'adore marcher dans le noir.

— Et moi, j'ai peur du noir.

— Je serai ton garde du corps.

Fred bombe le torse, elle me fait rire. Je lui demande si elle a été élevée à la ville ou à la campagne, sa réponse est évasive, *élevée*, dit-elle, c'est un bien grand mot. Ses parents se sont séparés quand elle avait six ans. D'ailleurs *parents* aussi semble un peu surévalué. Son père ne la prenait que l'été. Elle aurait aimé passer le reste de l'année avec lui, mais ce n'était pas possible à cause de son travail. Elle garde un souvenir merveilleux de leurs vacances communes. Ils allaient camper au bord de la mer, ils dormaient dans une grotte, comme des sauvages.

Fred prend son petit air d'écureuil. Je repense à l'expression du visage de Simon quand il a vu la jeune fille pour la première fois. Sa bonne humeur soudaine, alors qu'il était rentré si fatigué de sa journée, comme s'il retrouvait espoir. Il m'avait affirmé qu'il n'avait pas souri pour séduire Frederica, mais parce qu'il fallait repiquer les orties et qu'il voyait dans l'arrivée anticipée de la woofeuse un moyen d'accomplir la tâche avant la fin de la semaine. Et la tâche avait été accomplie. Malgré ses mains fines et ses ongles longs, Fred travaillait comme elle marchait, régulièrement, avec obstination. Elle ne voulait jamais s'arrêter, même pour boire un verre d'eau, il fallait qu'elle finisse, qu'elle aille jusqu'au bout de sa mission. Ses gestes étaient rythmés par de légers sifflements, toujours le même refrain, le même enchaînement de notes.

— C'était quoi, l'air que tu sifflais en repiquant les orties ?

— En repiquant les orties qui piquent ? Je ne sifflais pas, tu as rêvé.

Je revois le ver solitaire dans le compost. Fred n'est pas une fille, c'est une drogue. Il suffit de la côtoyer pour avoir des hallucinations. Comme j'insiste, elle veut se justifier, mais son attention est détournée par un couple de bicyclettes qui arrive au loin. Les jumeaux viennent vers nous.

*

Melchior et Balthazar se ressemblaient beaucoup, ils portaient les mêmes lunettes, mais l'un était légèrement plus grand que l'autre – ce qui à vélo était difficile à repérer. Malgré leurs quarante ans, quatre-vingts à eux deux, ils jouaient encore la confusion en s'habillant pareil. Deux casquettes, portées l'une à l'envers et l'autre à l'endroit, étaient leur signature. Ce jour-là, ils arboraient de magnifiques chemises écossaises tout droit sorties du magasin. Leurs manches étaient roulées de la même façon, trois ou quatre tours symétriques qui mettaient en valeur leurs avant-bras imberbes.

On racontait au village que les jumeaux dormaient dans la même chambre, à l'entresol de la maison familiale. La pièce était reliée à la rue par un soupirail qui donnait une maigre lumière. Parfois, le soir, de la musique s'en échappait. Les jumeaux aimaient l'opéra. Personne n'avait jamais réussi à les séparer. Quand on les avait placés dans deux classes différentes, ils avaient rendu la vie impossible à tout le monde, élèves et professeurs. Balthazar s'était rapproché de Simon, ils étaient devenus amis. Le jour de ses seize ans, il avait disparu avec son frère après avoir soufflé les bougies, sans avoir ouvert les cadeaux. La forêt avait été passée au peigne fin ainsi que les berges de la rivière. Une semaine plus tard, les jumeaux avaient réintégré d'eux-mêmes le domicile familial avec la ferme intention d'entrer dans la vie active. Au village, on disait qu'ils avaient un sacré caractère, un peu plus, on aurait parlé de leur fugue comme d'un fait d'armes, un acte qui méritait récompense. Depuis, ils travaillaient essentiellement pour la mairie qui trouvait là quatre bras solides, prêts à affronter les gros travaux : un mur à détruire, des arbres à tronçonner, un tas de pierres à déplacer.

Au moment de croiser les vélos, Fred fut prise d'une crise d'éternuements. Je saluai Melchior, nous entretenions des relations cordiales. C'était plus compliqué avec Balthazar, ses rapports avec Simon étaient intenses. Il l'aimait trop peut-être, de ces amours grandies au fil de l'adolescence. Depuis la mort de mes beaux-parents, les jumeaux venaient régulièrement nous aider, et jamais nous n'avions rien eu à leur reprocher jusqu'au jour où Anaïs avait accusé Balthazar d'avoir volé un rabot. L'outil était réapparu à la Foire à Tout, sur l'étal d'un brocanteur. Simon l'avait clairement identifié, c'était un rabot manuel qui datait de ses grands-parents, une antiquité mise en vente à un prix qui dépassait, et de loin, sa valeur d'instrument. Nous n'avions aucune preuve de la culpabilité de Balthazar, nous l'avions bouclé, de peur qu'il ne vienne la nuit avec son frère mettre le feu aux granges.

Ils étaient comme ça, les jumeaux. Imprévisibles. Trimbalant derrière leurs vélos un cortège de casseroles. En passant devant nous, ils touchèrent leurs casquettes en guise de salut. Le plus petit, Melchior, faillit tomber en se retournant pour regarder Fred. Balthazar, le dos droit, les yeux fixés sur la route, l'ignora superbement.

*

Le village approchait, encore quelques centaines de mètres et nous arriverions aux premières maisons. Soudain, Fred se figea devant le grand tilleul. Elle me montra les colonnes de soldats qui prenaient le tronc d'assaut.

— Mon père les appelait des gendarmes, je n'ai jamais su s'il inventait ou si c'était leur vrai nom.

— De quoi parles-tu ?

— Les punaises rouges qui grimpent sur le tronc, avec leur masque noir sur le dos, comment tu les appelles ?

— Des soldats. Tu sais ce qu'ils font ?

Je lui montrai deux insectes qui avançaient à la queue leu leu, collés l'un à l'autre.

— Ils font l'amour ?

— Oui, disons qu'ils s'accouplent.

— Ou qu'elles s'accouplent.

— Ils et elles s'accouplent. Je ne sais pas si l'homosexualité existe chez les punaises, mais je sais que le rapport dure des heures, des jours même. Je me demande s'ils ont du plaisir.

— Si elles ont du plaisir.

Fred hocha la tête plusieurs fois, l'observation de ces soldats pacifiques lui ouvrait de nouvelles perspectives. Faire l'amour, des jours, des heures, en marchant...

Je ris, elle me regarda d'un air étonné.

— Tu sais ce que j'aime ici ? reprit-elle en baissant la voix. Ce que j'aime, et que je ne m'attendais pas du tout à trouver ?

Un instant, je crus qu'elle allait me parler de Noé. Je les revoyais tous les deux, faisant la course dans l'escalier. Et s'ils tombaient amoureux ? Fred me regardait avec un demi-sourire. Ses lèvres tremblaient légèrement.

— J'aime, répéta-t-elle...

Elle avait du mal à trouver ses mots. Elle montra l'horizon, son geste était vague, il englobait tout ce qui nous entourait.

— J'aime le ciel, dit-elle enfin.

Le ciel ? Je fus tellement soulagée par sa réponse que je la pris par le bras. Fred accueillit mon geste avec solennité, c'était la première fois que je manifestais de l'affection pour elle. Je la sentis troublée, peut-être étais-je allée trop loin, mais comme pour le tutoiement le jour de son arrivée, je ne voyais pas par quel chemin revenir en arrière.

— Même quand il est gris, poursuivit-elle, j'aime le ciel ici, parce que j'aime... sa forme. J'aime la façon dont la terre le découpe.

Fred ferma un œil, comme si elle voulait viser, son bras libre tendu, pouce levé, en direction de l'horizon. Je suivis sa main du regard, son doigt qui dessinait la ligne des collines. Elle ne s'était pas coupé les ongles, trois d'entre eux étaient déjà cassés.

*

Nous étions arrivées au village. Fred voulut aller visiter l'église, mais la porte était verrouillée. Ça m'arrangeait, il était presque midi, le bureau de poste allait bientôt fermer. Je devais déposer du liquide pour renflouer le compte qui menaçait d'être à découvert, ça me gênait de le faire devant Fred. Je lui donnai une pièce pour qu'elle aille acheter une baguette, une petite comme on dit ici – la boulangerie était à deux cents mètres, sur l'autre trottoir. Elle parut contrariée, tu en as déjà marre de moi ? Je ne répondis pas, Fred avait touché juste. J'avais besoin d'un peu de silence. Je me sentais submergée par la conversation, cet assaut de mots et d'images déversés en désordre dans mes oreilles, je n'avais pas l'habitude d'être accompagnée. Nous allions trop vite, pas avec les pieds, non, nous marchions à peu près au même rythme, mais avec la langue. Elle m'avait parlé longuement de son père, une force de la nature. Il travaillait dans la marine. Je n'osais pas lui demander s'il était noir, je ne savais pas quel mot employer. Je me sentais idiote, on dit *black* aujourd'hui, mais je n'allais pas demander à Fred si son père était black, ça n'avait pas de sens. J'apprendrais plus tard que ses ancêtres, originaires d'Afrique, avaient été débarqués à Maurice pour couper de la canne à sucre. Travailler sur un bateau, disait-il, était sa façon à lui de réparer l'histoire, comme si en refaisant le trajet dans l'autre sens, payé, et respecté cette fois, il prenait sa revanche. Fred était née de ça, de cette histoire-là. Elle avait été conçue dans une cabine avec vue sur les machines. Sa mère était croupière sur le paquebot où son père travaillait.

— Fred, c'est le diminutif de Frederica, je te l'ai déjà dit je crois. Et *Queen Frederica*, c'était le nom du bateau.

— Du bateau ?

— Du bateau où mes parents se sont rencontrés.

— Tu n'as pas dit à Noé que ton prénom venait d'une chanson ? *Frederica, je vole vers toi...*

Fred ouvrit de grands yeux. J'avais l'impression parfois qu'elle réinventait sa vie selon les jours, l'humeur ou les circonstances.

*

Fred s'éloignait en direction de la boulangerie. Le pharmacien sortit sur le pas de son officine, je pensai : il va regarder les jambes de Frederica – bingo ! il regarda les jambes de Frederica. Même s'il était plutôt sympathique, je n'avais jamais beaucoup aimé cet homme, et son air embarrassé quand on n'avait pas l'ordonnance à jour pour un médicament : Je vous le *délivre,* mais c'est exceptionnel, il faudra *régulariser.* Il me rappelait mon père avec ses verbes du premier groupe. Des verbes sans appel. Agencer. Normaliser. Classer. Et je devais remercier le pharmacien, faire des courbettes, promettre de prendre rendez-vous chez le médecin, comme si nous n'avions que ça à faire. Mais il n'était pas question de se fâcher avec lui, il fallait rester en bons termes. C'est la règle au village, le *bon terme*, la seule manière de vivre en paix.

Il y avait la queue à la poste. Quand je sortis enfin du bureau, je retrouvai Fred en train de discuter avec le pharmacien et la jolie fleuriste. Ils avaient l'air de bien s'entendre tous les trois, mon cœur se serra, j'étais jalouse de leur aisance. Le pharmacien s'effaça pour laisser passer un homme à la peau cireuse. Paul Levroux, ancien ouvrier des papeteries, chômage longue durée. Je l'avais vu quelques années plus tôt, manifestant devant l'usine. Il était l'un des doyens du mouvement. Le devoir m'appelle, dit le pharmacien en faisant un clin d'œil à Frederica, et il ajouta, quand Paul Levroux fut entré : C'est un gros poisson.

Fred regarda la fleuriste d'un air consterné. Elle me reparlerait du pharmacien sur le chemin du retour, il lui avait fait beaucoup d'effet. En mal.

— Quel con, répétait-elle, mais quel con. Un gros poisson, je t'en foutrais.

En rentrant à la ferme, elle avait raconté l'anecdote à Noé. Il n'avait pas compris ce qui la choquait dans l'attitude du pharmacien. Paul Levroux était un client régulier, voilà tout. Était-ce honteux d'avoir envie de bien gagner sa vie ? Noé avait connu les bons alimentaires de la Croix-Rouge. Il savait ce qu'étaient un plafond de ressources et une aide financière pour payer *tout ou partie* des factures de cantine. Il savait également que nous pouvions d'un moment à l'autre retomber. Il ne comprenait pas notre pudeur vis-à-vis de l'argent.

*

Depuis l'arrivée de Frederica, j'ai fait deux fois ce rêve, presque à l'identique : je monte dans un train qui s'arrête, pour toujours repartir. C'est une sensation difficile à expliquer. Un train qui ne s'arrête jamais de repartir.

*

Fred pose souvent des questions sur le village du temps des beaux-parents. Elle aimerait comprendre comment le Palais est devenu ce qu'il est et d'où lui vient ce nom étrange pour une ferme assez – elle ne trouve pas le mot. Simon, contre toute attente, se prête au jeu des souvenirs. Il parle de la transformation du paysage pris dans la ronde des subventions, le maïs remplaçant le blé, le colza remplaçant le maïs. Il évoque des souvenirs d'enfance, décrit l'arrivée dans la cour du maréchal-ferrant.

— Ce n'étaient pas des mains qu'il avait, le maréchal, dit-il, les yeux brillants, c'étaient des...

— Des battoirs ? Des pognes ?

Et de son cou il parle aussi, ou plutôt de son absence de cou. Le maréchal portait sa tête à cru, à même les épaules. Cet homme l'a marqué, et tout ce qui entoure cet homme occupe encore aujourd'hui une place privilégiée dans sa mémoire. Le son mat du maillet sur le rogne-pied, celui plus aigu du marteau sur le fer et celui du fer rouge au contact de l'eau. L'odeur de corne brûlée qui restait dans l'arrière-gorge. L'impatience du cheval, la réponse du tord-nez que son père appelait *torche-nez*. Plus on tournait, plus ça faisait mal. L'animal oubliait la chaleur du fer. La journée de ferrage se terminait dans la cuisine devant une petite gnôle qui réchauffait le sang. Simon s'asseyait sur les genoux de son père. Il se souvenait des termes que le maréchal employait pour parler des paysans, comme si eux-mêmes n'étaient pas des paysans. Il disait : pedzouille, bourbeux, péquenot.

Le plus utilisé : plouc. Sa façon de le prononcer, *plouc*, un étron qui tombe dans la cuvette des toilettes. Pour couronner le tout, le maréchal avait un répertoire d'histoires drôles qu'il déroulait en forçant l'accent du pays, fermant ses *o*, transformant les *ch* en *qu*, disant *el quin* pour le chien, *el qua* pour le chat, *y r'pleut* pour il pleut, *y fait rien beau, y fait rien mucre:* L'histoire préférée de Simon était celle du technocrate européen, le *teknokrate*, raconte-t-il en faisant sonner les consonnes, qui avait décidé que dorénavant tous les œufs devaient être datés du jour de leur ponte. Trou du cul du monde, inspection surprise chez les Lequeu. Toc, toc, toc ? Bonjour madame Lequeu, je suis inspecteur de la répression des fraudes. Je suis venu vérifier que vous procédiez bien au marquage des œufs destinés à la vente. Ah ben ça oui, mon p'tit gars. Pour sûr qu'y sont datés mes œufs. Tiens, er'garde don...

L'inspecteur passe les œufs en revue et constate que sur chaque coquille est inscrit : Aujourd'hui... Aujourd'hui... Aujourd'hui...

Et le maréchal de rire en passant sa grosse patte dans les cheveux de Simon : Aujourd'hui... Aujourd'hui... Aujourd'hui...

Vingt ans plus tard, Simon prend des couleurs quand il évoque le maréchal. Ce type le fascinait. Il avait rêvé de partir avec lui, comme on part avec le cirque.

— J'aurais été son apprenti, raconte-t-il à Fred, je lui aurais passé la tenaille, la râpe, j'aurais attisé le feu. Mon père a refusé. Il était jaloux sans doute, il me tenait sous sa coupe à cause de la ferme. S'il m'avait laissé partir, j'aurais économisé cinq années de galère.

Il y a un silence. Simon se tourne vers moi, il n'a pas envie d'évoquer ces années perdues. Fred écoute avec attention. Parfois, sa jambe touche la mienne, je ne sais pas si elle le fait exprès, je ne lui ai jamais demandé. Le contact de son genou me trouble, je n'ose pas bouger. Simon parle maintenant de la chaînette d'un bidon de lait qui s'était détachée, le couvercle était tombé, on ne l'avait pas retrouvé – aujourd'hui encore quand il passe près de l'ancienne laiterie, il scrute le sol, persuadé que le couvercle finira par refaire surface. À moins que son père l'ayant utilisé comme cendrier ne l'ait balancé dans la rivière pour que sa femme ne compte pas les traces de mégots. Il parle du jour où ses parents ont eu leur photo dans le journal, parce qu'ils avaient gagné cinq cents balles à la loterie, de quoi manger tout l'hiver. Il parle enfin des récits près du feu, quand sa mère racontait les souvenirs de sa propre mère, et on remontait comme ça les générations jusqu'aux grandes lessives, les soirs de pleine lune. Draps et torchons étaient mis au pré à blanchir. On les laissait là deux ou trois jours, posés à plat sur l'herbe. Les taches rebelles étaient mouillées à l'arrosoir, elles s'effaçaient toutes seules.

— Même les taches de sang ? demande Fred.

J'ai un doute soudain. A-t-elle remarqué celles sur mon jogging, le jour de son arrivée à la ferme ?

— Même les taches de sang, confirme Simon. Ensuite, le linge était replié, puis rapatrié en brouette jusqu'à la buanderie. Le terrain était irrégulier, sculpté par les lapins, les taupes et les trèfles rampants. Il fallait être deux, l'un qui pousse, l'autre qui tire, comme avec les caddies pour descendre et remonter le trottoir du parking.

— À propos de caddie, signale Noé que les histoires de lessive de ses aïeux commencent à gaver sérieusement, il faudra bientôt aller au supermarché. Il ne reste plus beaucoup de chocolat en poudre pour le petit-déjeuner.

Son père le regarde, étonné.

— Déjà, plus de chocolat ? Mais qu'est-ce que tu en fais, tu le revends au marché noir ? On en a acheté un paquet samedi dernier...

— Je le crache, répond Noé d'un air de défi. Comme du pétrole. C'est Fred qui m'a montré.

*

Frederica savait ça aussi : cracher le chocolat. Ce n'était pas sorcier ni particulièrement dangereux, il fallait juste se méfier des retours de flammes. Simon avait demandé des précisions, il voulait essayer, et nous nous étions tous retrouvés dans la cour après le dîner pour une leçon en plein air. Noé perché sur le tracteur, moi debout, mains sur les hanches, et Fred toujours accompagnée de Cheese, expliquant à Simon comment placer ses lèvres et utiliser son diaphragme pour expulser d'un coup la poudre, avant de l'enflammer à l'aide du Zippo.

C'est à ce moment-là, ce moment très exactement où le nuage s'était transformé en flamme, que je compris ce qui était en train de se jouer dans cette maison. En moins d'une semaine, Fred avait conquis tout le monde. Et les animaux. Et les lieux. Et les hommes. Chacun, et je m'inclus dans ce chacun, guettait les signes de son attention. Chacun voulait être préféré, chacun était heureux quand il était regardé, mais cette joie se doublait d'une sourde inquiétude – chacun était jaloux, chacun dépossédé quand Fred s'éloignait. Cette jeune fille sortie de nulle part avait changé la donne. Les doutes concernant la viabilité de l'entreprise s'estompaient, le Palais des Orties s'habituait à son nom, on y croyait à nouveau, car il s'agissait bien d'y croire ou de ne pas y croire, depuis le début nous le savions : la ferme est une question de foi. Cette confiance retrouvée rejaillissait sur nos corps. On ne mangeait plus la même chose, on se mettait au lit plus tard et le matin, pour compenser, on se levait plus tôt. Nous faisions des efforts qui ne nous coûtaient rien. On ne s'habillait plus de la même façon, et si je continuais à porter mon tablier pour travailler en cuisine, je laissais souvent la partie haute retomber sur la poche du bas.

Après le dîner, on prenait le temps de sortir dans la cour, c'était inédit. Nous regardions les étoiles en silence. Parfois un index se tendait vers une constellation. Une bouche nommait, et voilà que pour couronner le tout, on crachait du feu dans la nuit. Ce soir-là, Simon et Noé montent se coucher avant nous. Je reste en bas avec Fred pour préparer le travail du lendemain. Nous faisons durer le temps. Au moment de nous séparer nous nous embrassons sur les joues, deux petits baisers furtifs, à peine appuyés. Cette façon de nous souhaiter bonne nuit marque un tournant dans nos relations. J'occupe la salle de bains en premier, je ne suis pas fatiguée, dit Fred, je vais lire un peu. Je me douche avant de rejoindre Simon sous les couvertures. Il m'attire vers lui. Nous nous connaissons bien, quand il me prend ainsi par l'épaule, ça veut dire qu'il est partant. J'aime retrouver sa peau. Je me dis soudain, alors que nous faisons l'amour : quand il me serre dans ses bras, il pense à elle, il pense à Frederica. Il serait plus juste de dire que c'est moi qui pense à elle. Sa peau dorée, ses lèvres charnues. Ses boucles tombant sur son visage.

*

La fascination que Fred exerçait sur moi ne tenait pas tant à sa jeunesse ou à sa beauté qu'à sa manière de nous regarder et de regarder la ferme. De la *r'cogner*, comme on disait ici. Nous étions des êtres singuliers, appartenant à un monde différent, un monde dont elle avait besoin de percer le mystère. Chaque jour, elle nous découvrait un peu plus, dans le sens premier du terme. Elle enlevait des couches de gris. Après le dîner, ou au réveil parfois, quand nous étions toutes les deux dans la cuisine, elle mettait des phrases sur ce qu'elle voyait. Ses mots donnaient un contour à son regard, ils l'incarnaient comme la buée qui sort de la bouche incarne le froid et l'humidité. Fred parlait, et soudain elle se taisait. Elle reprenait son air rêveur. Le passage entre le silence et la parole était abrupt, sans transition, d'un moment à l'autre elle pouvait redevenir la jeune fille gaie et généreuse que nous connaissions. Alors sa bienveillance semblait universelle, sa capacité d'admiration illimitée, s'appliquant à tout ce qui l'entourait. À l'eau qui suinte sur le miroir, aux nœuds dans le bois des poutres, aux marches inégales du perron, même au camion qui vendait les pizzas à l'entrée du village, elle trouvait du charme. D'un mur en ruine elle faisait le décor d'une pièce dont nous étions les héros. Son enthousiasme m'irritait parfois, sa façon de tourner les lieux à notre avantage, comme si nous étions hautement privilégiés de vivre à la campagne.

Sans doute étions-nous privilégiés, mais pour d'autres raisons. Nous avions de la chance de l'avoir rencontrée. Cette jeune fille était un cadeau.

Un cadeau, sa présence efficace.

Un cadeau, son besoin de travailler pour la ferme, comme si c'était nous qui lui rendions service en acceptant son aide.

Un cadeau, sa voix le matin quand elle buvait son thé devant la fenêtre de la cuisine.

— Tu as vu, disait-elle, ils sont là dans la brume. Le rhinocéros, les sangliers, la gazelle...

Depuis l'arrivée de Fred, la ferme s'était repeuplée. Un nouveau bestiaire se constituait jour après jour, plus exotique et surtout moins contraignant en matière de labeur que les poules, vaches et chevaux d'autrefois. Le rhinocéros, c'était le vieux prunier. Les buis miteux, attaqués par les chenilles, se transformaient en sangliers. Et la poubelle, de loin, en rebouteux avec une hotte.

Le personnage du rebouteux venait d'un livre qu'elle avait adoré quand elle était petite. L'enfant pleurait ? Le chien boitait ? Les récoltes séchaient sur pied ? Le rebouteux trouvait la solution pour que tout s'arrange. Elle aurait aimé avoir un papa comme lui. Un papa qui s'occupe des autres, qui console, guérit et fait tomber la pluie ou briller le soleil. Un papa qui démêle tout, pas seulement les cheveux. Un petit papa gentil, pas forcément grand.

— Et toi, m'avait-elle demandé d'un air intrigué, il est comment ton père ? Tu ne m'as jamais parlé de lui...

C'était la question à ne pas poser. Mon père m'en voulait d'avoir abandonné mes études pour suivre Simon. Je fais partie de la masse des enfants de tous âges qui sont brouillés avec leurs parents, puisque c'est ainsi qu'on désigne cette situation, alors qu'il faudrait plutôt dire : la masse des parents qui se sont débrouillés pour que leurs enfants soient brouillés avec eux. Un exil qui dure, sans tentative de réconciliation. Comme je ne répondais pas, Fred me prit la main.

— Ce serait tellement plus facile d'avoir des parents bienveillants, lâcha-t-elle en me caressant des yeux.

Comment ne pas être touché par cette fille ? Son visage grave, de nouveau, son intelligence des êtres. Son souci de résoudre les problèmes, même s'ils ne sont pas posés, de trouver une place utile dans le monde et, comme le rebouteux du livre de son enfance, de tout réparer.

*

Fred était attentive aux objets, aux êtres, aux animaux réels ou inventés, mais aussi à la géographie de la ferme et de ses environs. Elle notait les chemins tracés par les habitudes. Elle avait remarqué, par exemple, que pour aller de la cuisine aux anciens clapiers on passait toujours par le chemin de droite, et on revenait par celui de gauche, en contournant le tas de bois, ce qui n'était pas, et de loin, l'itinéraire le plus court. Il n'y avait plus de lapins dans les clapiers, mais le circuit était inscrit dans les corps. Et le sol aussi portait le souvenir des pas. La terre y était dure, une terre où rien ne poussait.

Et Simon confirmait. Quand il était petit, il fallait d'abord apporter les épluchures aux lapins puis marcher jusqu'au bûcher pour prendre du bois avant de rentrer. Il n'était pas question de couper droit devant, pas question de revenir à la maison les mains vides.

C'était un péché, les mains vides.

Que Fred ait repéré cette histoire de trajet, voilà qui m'impressionnait. Cette fille possédait un don, elle voyait l'invisible.

Ou encore, je le comprends aujourd'hui, ce que nous refusions de voir.

*

Au rayon petit-déjeuner du supermarché, devant le mur coloré des boissons chocolatées, Fred s'immobilisa. Son regard se durcit. Il se fixa sur une boîte en plastique à dominante jaune, trouée par une bouche hilare surmontée d'un nez épaté et de la chéchia grenat des tirailleurs sénégalais.

— Je croyais qu'ils avaient perdu leur procès...

C'était la première fois que je la voyais en colère. Sa voix avait plongé dans le grave, quelqu'un parlait à travers elle, et effectivement, son père surgit dans la travée, ou plutôt le fantôme de son père. L'image du bon soldat noir qui parlait petit nègre, me raconterait-elle en rentrant à la maison, le rendait fou. Un jour, il avait piqué une crise dans un magasin. Il disait qu'il allait revenir avec du sang de bœuf en bouteille et qu'il en balancerait partout, pour que les enfants comprennent ce que c'était que de boire du chocolat dans une tranchée, à quatre mille kilomètres de chez soi. Personne n'avait osé intervenir, son père faisait peur à tout le monde.

Peut-être était-ce à cela que Fred pensait en tournant et retournant la boîte jaune, le jour où elle s'était mise en colère devant moi dans le supermarché, comme si la scène se rejouait, avec elle-même cette fois dans le rôle du père. Elle était calme à présent, un peu sonnée par cette violence qui l'avait submergée. Au fond, reprit-elle, c'est peut-être seulement le slogan en petit nègre qui a été interdit lors du procès, pas le petit Nègre en personne, puis elle me rapporta cette histoire sinistre que son père lui avait balancée en sortant du magasin, avant de s'excuser, de la prendre dans ses bras, de la consoler, l'histoire de ce garçon du Missouri, au siècle dernier, qui jouait d'un harmonica en lames de rasoir. Et plus il jouait, plus son sourire s'élargissait.

— Jusqu'aux oreilles, conclut Fred en reposant la boîte dans le rayon.

Elle en choisit une plus petite, d'une autre marque. J'allais faire une marche arrière avec mon caddie, un peu sonnée à mon tour par la vision du garçon au sourire trop large, quand quelqu'un me tapa sur l'épaule. J'eus peur un instant de me retrouver face au vigile, je ne sais pas pourquoi, je me sens toujours en faute quand je fais mes courses et si je dois chercher quelque chose dans mon sac, ma liste par exemple, je m'éloigne des rayons pour que la caméra puisse bien voir que je ne vole rien, mais ce jour-là, la personne qui me tapa sur l'épaule n'était pas le vigile : c'était la voisine. Au coin de ses lèvres prune, parfaitement dessinées, on devinait la marque d'une cigarette. Son haleine sentait le tabac mentholé. Elle avait dû mâcher un chewing-gum après avoir fumé. Sa voix était très grave. Sa voix, je l'aimais bien.

*

La maison des voisins était restée longtemps à vendre, avec son panneau planté dans le jardin et ses iris le long de la barrière. Il y a trois ans, un couple que personne ne connaissait l'avait achetée. On disait qu'ils avaient payé cash. Ce qui avait choqué les autochtones, c'est que l'on puisse choisir une habitation aussi grande pour seulement deux personnes, car les nouveaux propriétaires ne désiraient pas avoir d'enfant – c'est ce qu'ils avaient confié au notaire, tout le village était au courant. Un jour que j'étendais le linge, la voisine était venue se présenter par son nom de famille, mais très vite elle avait rectifié : Appelez-moi Marie-Claire.

Et ce n'était pas parce que Marie-Claire avait une résidence secondaire surdimensionnée qu'elle ne faisait pas ses courses au supermarché. Elle était heureuse de tomber sur moi par hasard. Elle avait un service à nous demander. Je jetai un œil sur son chariot, il n'y avait pas grand-chose en volume, mais tout coûtait, et tout était de la bonne provenance, celle qui s'imposait immédiatement quand on prononçait le nom du produit : les pruneaux venaient d'Agen, le saumon fumé de Norvège et la moutarde de Meaux (six euros trente la livre, contre un euro vingt sous l'appellation moutarde à l'ancienne). J'évaluai rapidement le prix de l'ensemble du caddie, comme je le faisais avec les enfants pour passer le temps dans la queue, on pariait des chewing-gums, j'étais devenue très forte à cet exercice, je gagnais souvent.

— J'aimerais demander à votre mari, poursuivit la voisine, de régler leur sort aux...

Elle regarda autour d'elle, comme si elle allait proférer une obscénité.

— Enfin vous voyez ce que je veux dire, reprit-elle un ton plus bas, nous débarrasser des corbeaux.

Je lui assurai que le nécessaire serait fait. La voisine se confondit en remerciements, si vous saviez ce que nous vivons, dit-elle en prenant un air de martyr, tous les week-ends je suis réveillée par leurs croassements, et je ne vous parle pas des fientes dans le jardin de pierres, ils nichent juste au-dessus, comme si la campagne n'était pas assez grande. Mon mari, ça le rend dingue.

Fred s'impatientait. La voisine se tourna vers elle. Son visage devint léger soudain, plein d'entrain. Il avait changé d'âge.

— Je m'appelle Marie-Claire, articula-t-elle de sa belle voix, comme si Fred ne parlait pas bien le français. Et vous ?

— Frederica, répondit Fred qui, pour je ne sais quelle raison, donna la version longue de son prénom.

— Frederica, c'est joli.

Puis, s'adressant à moi : Elle est charmante. Vous l'avez pêchée où ?

Marie-Claire ne semblait pas pressée de nous quitter. Je remarquai qu'elle avait acheté des lentilles vertes conditionnées dans un sachet de cellophane fermé par un lien de bolduc rose frisé aux ciseaux. L'idée d'associer bolduc et lentilles relevait d'un esprit curieux. Je demandai à la voisine si elle connaissait les Beluga. Et voilà, j'avais trouvé la faille : Marie-Claire ne connaissait pas les Beluga.

— Le caviar des lentilles, affirmai-je, celles du Massif central, à côté...

Je ne terminai pas ma phrase, ce qui voulait tout dire. Rondes et noires comme des œufs de poisson, les Beluga tenaient très bien à la cuisson. Leur petit goût de marron était exceptionnel.

Marie-Claire me promit qu'elle essaierait les comment dites-vous ? M'aurait-elle fait une faveur qu'elle n'aurait pas adopté ton plus condescendant. Tout le monde savait que la meilleure lentille, alliant tradition et modernité, celle que plébiscitaient les chefs étoilés, ne venait pas du Canada mais du Puy-en-Velay. Mes Beluga avec leur nom de baleine ne lui disaient rien qui vaille, pourtant elle allait goûter, assurément. Je lui promis à mon tour que mon mari s'occuperait des corbeaux qui, au passage, n'étaient pas des corbeaux mais des corneilles – et je pensais à ce que me répétait Simon chaque fois que les enfants faisaient la confusion, comme son père et son grand-père l'avaient répété avant lui : Le corbeau croasse, croâ, croâ, la corneille graille ou craille, crr, crr, crr. Le corbeau a un bec clair, et la corneille ? Un bec noir. Je disais *mon mari* pour parler de Simon, c'était plus simple, même si nous n'étions pas mariés. Marie-Claire me remercia mille fois, des corneilles bien sûr, pas des corbeaux, je les confonds tout le temps. Il faut que je pense au Cid.

Je ne compris pas tout de suite ce que le Cid avait à voir là-dedans.

Marie-Claire portait des chaussures à talons – elle devait bien être la seule dans le secteur. Ici, tout le monde vivait à plat ou, à la limite, en compensées. Je la vis se diriger élégamment vers la caisse, puis soudain faire demi-tour et revenir vers nous. Décidément, elle avait du mal à nous quitter. Une idée lui avait traversé l'esprit en passant devant le rayon lessive. Elle avait besoin d'une femme de ménage, est-ce que je connaissais quelqu'un, même de façon provisoire ?

Elle prononça cette phrase d'un trait en regardant Frederica droit dans les yeux.

— Deux ou trois heures le lundi, pour faire la propreté après notre passage, ajouta-t-elle en s'adressant à moi cette fois. Je cherche, conclut-elle en griffonnant son numéro sur un morceau de papier, une personne de confiance, au noir, si possible.

— Au noir, oui, bien entendu.

Fred éclata de rire, Marie-Claire haussa les sourcils.

— Qu'est-ce qu'il y a, j'ai dit une bêtise ?

Sur le chemin du retour, Frederica téléphona à la voisine. Oui, quelques heures par semaine, elle était partante. Ça lui ferait de l'argent de poche, et puis elle aimait bien ça, le ménage. C'était un peu comme réparer l'espace, lui redonner de l'allant.

VI

Dans le langage des fleurs, l'ortie symbolise la trahison, et pourtant je ne connais pas de plante plus fidèle, ou loyale, quoi encore ? Plus constante. L'ortie est une culture à haut rendement, peu de perte, peu de prédateurs, trois récoltes par an. Les jeunes pousses se cueillent le matin à la lune montante. Nous avons chacun notre outil préféré, Simon travaille à la serpette, moi au couteau. Les enfants ont pris l'habitude d'utiliser des ciseaux. Pour une récolte artisanale, dans les bois ou les terrains vagues, on peut couper les tiges à mains nues, en les pinçant à la commissure, juste en dessous d'un groupe de feuilles. Dans les champs nous adoptons une technique plus offensive, et qui dit offense dit protection : manches longues, gants, pantalons, et tout le monde en ligne, le visage tourné dans la même direction.

Chacun s'efface derrière le travail.

Le corps se place, la main agit. Un art martial, selon Anaïs qui rêve de filmer une récolte en famille et de poster les images sur le site des woofeurs. Anaïs chérie... Je la revois avec ses camarades à la présentation de fin d'année de son cours de judo. Elle a huit ans, neuf peut-être, une ceinture jaune et déjà un petit air frondeur. Son kimono est de travers, elle ne s'en aperçoit pas et, pendant toute la démonstration, c'est moi qui en souffre.

Lors de la cueillette de printemps, pour réduire le traumatisme de la plante et s'assurer une repousse vigoureuse, on ne prélève que les quinze premiers centimètres, ou les quinze derniers, selon que l'on s'imagine en dessous, ou au-dessus du pied. Il est important de mettre les orties à sécher de façon homogène, pour qu'elles ne fermentent pas, d'où le projet de construire un nouveau séchoir. En attendant, nous faisons comme les autres années : nous étalons les feuilles dans une des granges, à l'abri de la lumière. Il est rare que nous utilisions la plante parfaitement fraîche, non que cela soit impossible techniquement parlant, mais, comme autrefois, quand les beaux-parents étaient aux commandes, nous courons derrière le temps, et le passage des champs aux cuisines manque de fluidité.

Avec l'arrivée de Fred pourtant, les journées sont devenues plus longues. Ce ne sont pas seulement deux bras supplémentaires à notre disposition, mais une énergie, un désir, une curiosité.

— Tu vois, me dit Anaïs au téléphone, le woofing, on n'a rien créé de mieux depuis l'invention de la roue.

Je n'ai pas osé la contredire. Certaines nuits, ce n'est pas raisonnable (les nuits ne sont pas raisonnables), je me lève pour m'assurer que Frederica n'est pas partie. Je l'imagine sur la route, comme au premier jour. Je me rendors avec l'image de ses mains enlevant le turban. Apparition des cheveux. Disparition du front.

Un jour dans la camionnette, Simon avait eu cette formule qui m'avait intriguée : Fred était la personne heureuse la plus malheureuse qu'il ait jamais rencontrée dans sa vie.

À la radio passait une chanson que j'aimais bien, je ne sais plus laquelle. Je me souviens que j'avais essayé de chanter, mais un nœud dans ma gorge m'en avait empêchée. Fred m'encombrait de toutes les questions que je n'osais poser. Où étaient ses affaires, je veux dire, ses autres affaires, à part celles qui étaient dans le sac à dos? Avait-elle un lieu de résidence? Un studio? Une cave? Un garde-meuble? Avait-elle des amis, un ami?

Où vivaient ses parents aujourd'hui?

Fred parlait de ses voyages, des maisons et des animaux dont elle s'était occupée, et en particulier du couple de lamas qui lui avaient laissé de grands souvenirs et une foule d'anecdotes dont elle saupoudrait nos repas : le jour où le mâle avait voulu la saillir, le jour où la femelle avait creusé un trou pour s'enterrer, le jour où elle les avait retrouvés endormis dans le local poubelles, le jour où, comme dans les albums de Tintin, Lili-Rose, la femelle, lui avait craché au visage pour manifester son désaccord, mais jamais elle ne parlait de ses parents au présent. De son père le colosse et de ses expéditions maritimes, il n'était question qu'au passé. Idem pour sa mère. De sa vie sentimentale, elle ne parlait pas non plus. Jamais. Une pudeur étrange m'empêchait de l'interroger à ce sujet. Je préférais rester dans le doute, de peur que Fred ne m'emporte dans ses confidences. Ne pas trop en savoir, c'était ne pas trop m'attacher.

Encore que, le contraire doit pouvoir se dire aussi. Où finit le mystère commencent les désillusions.

*

Ses mimiques. Il faudrait parler des mimiques de Frederica, un peu décalées parfois, comme s'il n'y avait eu personne dans sa petite enfance pour lui apprendre à exprimer ses émotions. Personne à copier. Personne pour lui servir de modèle. Elle avançait la bouche en remontant les commissures, relevait sa frange, penchait la tête ou posait l'index sur sa lèvre inférieure et la faisait rouler, dévoilant des gencives rose clair. Elle avalait ses joues quand elle était attentive, comme ce jour où je lui parlais de la cueillette des orties.

— Ce n'est pas difficile, lui expliquai-je, mais au début, même bien protégée, tu vas te faire piquer. Pas les mains, non : le visage, les poignets, les chevilles.

— Même à travers les chaussettes ?

— Même à travers les chaussettes. Tu dois t'y préparer, savoir qui est en face de toi. Nos orties sont cultivées, pas domestiquées. Il faut se mettre à leur place. Tu approches ? Elles se défendent, rien de plus naturel. Et pour se défendre, elles ont à leur disposition une armée de lances, des minuscules seringues en silicium qui injectent un poison stocké dans une ampoule située à la base des poils. À peine tu la touches que l'aiguille se casse et reste dans la peau. Les abeilles se protègent de la même manière, mais elles en meurent. L'ortie n'a pas le sens du sacrifice, avec ou sans venin, elle continuera à prospérer.

Fred ne semblait pas effrayée par ma description, au contraire, elle attendait la récolte avec impatience. Elle avait lu qu'il suffisait de retenir sa respiration pour ne pas sentir les piqûres, ou de se passer la main dans les cheveux. Je connaissais ces méthodes, mais à moins d'une volonté de fer et de cheveux très sales peut-être, déposant sur l'épiderme une bonne couche de sébum, elles étaient totalement inefficaces. On racontait encore qu'il suffisait de frotter les lésions avec des feuilles de plantain pour calmer les démangeaisons, c'était vrai, nous l'avions vérifié. On pouvait aussi, en mâchant l'antidote, confectionner une sorte d'emplâtre.

Il ne fallait pas gratter, bien sûr. Ne pas frotter, même sous l'eau, pour ne pas répandre les poils urticants, ni essayer de les enlever au ruban adhésif.

Avec la pratique, on sait comment aborder la plante, et s'il y a piqûres, le cerveau y fait moins attention. Le corps s'habitue aux toxines administrées régulièrement à petites doses. Il s'immunise.

— Il se mithridatise, traduisit Fred qui s'y connaissait en abeilles.

— Oui, c'est ça, exactement le mot. Mithraditi...

— Mithridatisation, répéta Fred à toute allure, l'enfer des dyslexiques. Au passage, dyslexique, pour les dyslexiques, c'est aussi coton à prononcer. Il m'a fallu quatre ans à deux séances par semaine chez l'orthophoniste pour y arriver. Les médecins auraient pu inventer un autre mot, tu imagines, souffrir d'un trouble dont on ne peut même pas prononcer le nom. À propos, *mithridatisation,* tu l'écrirais comment, toi ? Avec quatre i ou des y ?

*

La première récolte avec Fred se déroula sous un ciel radieux. Comme prévu, elle essuya quelques piqûres, mais elle était dure à la douleur, on ne l'entendit pas se plaindre. L'année précédente, le correspondant anglais d'Anaïs en avait fait tout un foin. Il n'avait pas pu s'empêcher de gratter, c'était plus fort que lui. J'avais dû me fâcher. Si tu continues, avais-je menacé, je vide les pots de Marmite sur le compost.

Ça l'avait calmé.

*

Après la récolte et la mise au séchage, il fallut s'atteler à la transformation des plantes. Ce matin-là, Fred aurait pu être à la chasse (*le petit service entre voisins*), mais non : elle avait préféré rester avec moi. Simon avait insisté pourtant, il avait besoin de quelqu'un pour s'occuper de Cheese, le retenir quand il le faudrait, l'empêcher d'aboyer surtout, mais Fred avait refusé, il y avait beaucoup de travail en cuisine, disait-elle, c'était tout de même pour ça qu'elle était venue à la ferme, et je fus soulagée quand je vis mon Simon partir tout seul, sans le chien, avec son pantalon cloqué de poches, sa ceinture à boucle, ses bottes kaki, son fusil et son sac de toile. Le jour n'était pas encore levé. La chasse était fermée, mais il existait une dérogation spéciale pour les corvidés, grands amateurs de jeunes pousses de blé et de maïs. Les corneilles seraient attirées par des leurres placés dans le champ où elles avaient l'habitude de se poser, en bordure de forêt. Simon allait les tuer pour arrêter la production de fientes et que madame – Appelez-moi Marie-Claire – puisse dormir le dimanche.

Il allait les tuer, et il allait aimer ça : voir les oiseaux approcher, viser, presser son index contre la détente. Anticiper le recul. Tirer, c'était en tirer une satisfaction physique, c'est ainsi que Simon parlait du coup de feu, une décharge suivie d'un apaisement. Cette fois, il en tirerait également de l'argent, le voisin avait osé aborder le sujet quand Simon était passé le voir, il faut que les choses soient claires entre nous : Vous demandez combien par tête ?

Simon ne demandait rien, le voisin avait proposé quinze euros, et comme Simon ne répondait toujours pas, gêné par le côté formel de la discussion, le voisin avait surenchéri : Quinze euros, plus les frais.

Un premier billet en guise d'avance avait surgi d'on ne sait où, vite attrapé, vite rangé. Les deux hommes s'étaient quittés avec des tapes sur l'épaule, le voisin aimait beaucoup Simon, ils avaient vraiment de la chance, sa femme et lui, d'avoir des gens aussi sympathiques sous la main.

— Et la petite, demanda-t-il en reconduisant Simon jusqu'au portail, elle s'intègre bien ?

— Quelle petite ?

— La jeune fille qui est chez vous.

— Frederica ? Vous la connaissez ?

*

Simon avait appris de son père les départs à l'aube avec les chiens, le rendez-vous des voitures sur la route, la bonne humeur des hommes et les gilets en peau de mouton. Il avait appris la patience et l'excitation. Appris à planter les leurres, à installer le filet de camouflage sur les branchages du poste de tir, à distinguer les espèces, et à se boucher mentalement les oreilles.

Appris à la boucler. Appris l'immobilité.

Il connaissait la joie de voir l'oiseau interrompre sa trajectoire avant de tomber en vrille. Il était le gamin qui portait bonheur, celui qui posait au premier rang sur les photos avec les trophées. De cette époque, il avait gardé le goût de la nature et de la chasse. Pour lui comme pour la plupart des gens du village, les deux étaient synonymes. Il n'y avait aucune contradiction.

*

Il était déjà près de dix heures, et Simon n'avait pas appelé. En général, il passait un coup de fil dans la matinée pour donner de ses nouvelles. Était-il contrarié parce que Frederica ne l'avait pas accompagné à la chasse ? La veille pendant le dîner, Fred avait essayé d'imiter le cri des corneilles. Simon lui avait prêté son appeau, ce qu'il ne faisait jamais, prétendant qu'il s'agissait d'un objet trop précieux pour être utilisé comme un jouet. Il avait quitté la table et était venu se placer derrière elle pour rectifier la position de ses mains. Ses bras formaient couronne autour de son corps. Il ne fallait pas gonfler les joues, expliquait-il, mais expulser l'air directement à partir du thorax, comme pour cracher du feu avec la poudre de chocolat. Simon prenait très à cœur son rôle d'instructeur, un peu trop à mon goût. Quand je les voyais tous les deux si proches, il me venait des idées de mort (j'exagère un peu).

Ce matin-là pendant que Simon était à la chasse, nous avions expérimenté une nouvelle technique pour travailler l'ortie fraîche. Il s'agissait de blanchir des feuilles bien ciselées avant de les plonger dans un bac d'eau avec des glaçons. Le choc thermique permettait de conserver et même d'accentuer leur couleur caractéristique. Nous les aplatissions ensuite en les pressant au torchon avant de les congeler dans des sachets sous vide. Tout ça demandait de la concentration, et surtout beaucoup de finesse de manipulation des feuilles malgré les gants, afin de préserver leur découpe et leur toucher soyeux. Ainsi préparée, l'ortie perdait ses propriétés urticantes. Elle pourrait être utilisée en pâtisserie, disait Frederica, ou être farcie à la grecque, ou encore, et c'est cet usage qui se révélerait le plus fréquent, servir de décoration.

Fred avait eu l'idée, après le blanchissage, de rouler les feuilles les plus grandes et de les fermer avec le morceau de tige qui restait à sa base. Cette variante nous avait pris beaucoup de temps. Nous avions envoyé une photo à Anaïs qui avait trouvé le résultat *artistique*. Je ne savais pas ce qu'il fallait en déduire. Nous verrions bien, une fois décongelés, comment les rouleaux d'orties se comporteraient. Au moment de la pause, le ciel s'était assombri.

— Heureusement que je ne suis pas partie avec Simon, lança Frederica, je déteste marcher sous la pluie.

J'ai dû la regarder étrangement car elle me demanda pourquoi je faisais cette tête.

— Pour quelqu'un qui n'aime pas la pluie, tu as mal choisi ta région.

— Je t'ai déjà dit que je ne l'avais pas choisie, répondit Fred en me lançant un de ces larges sourires dont elle avait le secret. Je devais venir ici, c'est tout. C'était écrit, je ne pouvais pas faire autrement. Le Palais avait besoin de moi, il m'appelait. Et la pluie... La pluie, j'apprends à l'aimer. Comment disait le maréchal-ferrant ?

— Y r'pleut.

— C'est ça. Y r'pleut. On va rentrer le linge ?

*

Il est vrai que la pluie s'apprend, comme l'amour de la chasse ou le sens de l'observation. Depuis leur plus jeune âge, Anaïs et Noé se sont endormis au son des gouttes dans les bassines. Un soir, j'ai entendu Anaïs dire à son petit frère que ce bruit, quand il pleuvait, c'étaient les anges qui écossaient des petits pois. Ce n'était pas la première fois que je les surprenais à se raconter des histoires, toutes lumières éteintes. Cette relation qu'ils avaient développée en dehors de nous me réjouissait, j'aurais tellement aimé avoir un frère ou une sœur à qui parler la nuit. J'imaginais les anges assis devant une montagne de cosses. Un peu de vert sous les ongles, c'est vrai, on parle souvent du sexe des anges, mais on ne pense jamais à leurs mains.

Les enfants dormaient mieux quand il pleuvait, et moi, je montais la garde. J'avais peur que les bassines ne débordent. Je surveillais à l'oreille le niveau de l'eau. Quand le son se faisait trop grave, j'allais les vider.

*

La niche du chien aussi avait des fuites, jusqu'au jour où, il y a un an environ, des planches bleu-gris sont venues renforcer le toit. Le bleu était un reste de la peinture que nous avions utilisée pour les volets. Nous avions terminé le pot en badigeonnant l'intérieur de la niche avec un chiffon fixé sur un manche de pioche, on en avait mis partout, on avait ri, et comme il en restait encore sur le couvercle nous avions peint la pancarte qui indiquait le chemin de la ferme. Le lendemain, un cœur maladroit était venu illuminer le bleu : c'était l'œuvre de Noé. Comme je l'ai aimé le jour où il l'a dessiné, ce petit cœur indélébile. J'étais fière d'être sa maman. J'ai voulu le serrer dans mes bras à son retour de l'école, il a filé comme une anguille. Une légère tristesse m'a saisie, c'était ridicule, un voile de rien du tout, sans grande conséquence, parfaitement invisible pour ceux qui m'entouraient. Quelques jours plus tard, Anaïs avait ajouté sa marque. Elle avait dessiné une flèche qui transperçait le cœur, au feutre violet, avec des petites gouttes de sang.

Anaïs traversait alors une période gothique, ou plus exactement rasta gothique, associant lèvres noires, chaussures cloutées, sarouels et dreadlocks. La flèche dans le cœur, elle trouvait ça *vraiment cool.* Son père n'était pas de cet avis – Simon a horreur des piercings, des aiguilles, de tout ce qui de près ou de loin lui rappelle sa propre adolescence. Un jour, il avait tourné la page, et ce n'était pas sa fille qui allait rouvrir le dossier. Simon avait émis l'idée de repeindre la pancarte en rouge, pour qu'elle soit plus visible de la route. Je l'avais soutenu, à table, quand nous avions abordé le sujet, parce que c'était ma fonction de le soutenir, non seulement mon habitude, mais mon engagement à ses côtés. Simon est mon compagnon, c'est le mot qui convient, nous nous accompagnons, en alternant des phases de cohabitation amicale et des moments de grande tendresse. Ça nous prend comme ça, l'un ou l'autre, l'un et l'autre, et l'amour que nous pensions éteint illumine nos vies. Depuis l'arrivée de Fred, un sentiment nouveau m'habite. Je me sens plus fragile. J'ai peur de perdre Simon. J'ai peur de me perdre aussi. Et j'ai peur qu'elle reparte.

J'essaie de ne pas le montrer.

VII

Ça doit faire mal quand le plomb pénètre la chair. Ça doit brûler et aussitôt après, c'est l'air qui vous abandonne. Cet air qui vous a toujours porté. À quel moment de sa chute l'oiseau perd-il conscience ? Ferme-t-il les yeux, ou au contraire voit-il les champs, à toute vitesse, se rapprocher de lui ?

Quand Simon apparut dans la cour, il portait deux bouquets de corneilles, têtes en bas, les queues en guise de tiges et les becs pendants. Cheese se mit à tourner autour de son maître en poussant des jappements aigus puis, comme il ignorait ses avances, se posta à ses pieds et fit le beau, tricotant des pattes pour garder l'équilibre. Il marchait à reculons maintenant, offrant son ventre en spectacle, retombant, se relevant avec la joie juvénile que déclenchait en lui la perspective d'un festin. Du fourreau de son sexe sortait un petit bout rose et luisant, comme s'il tirait la langue, alors que côté gueule, deux filets de bave s'étiraient en dansant, droite, gauche, droite, finalement se désolidarisant des babines pour former sur le sol des lignes tortueuses que le chat, intrigué, viendrait inspecter longuement.

À chaque pas, les corneilles tapaient sur le haut des bottes de Simon, parfois du sang coulait, quelques gouttes qui, se mélangeant à l'eau de pluie, disparaissaient dans la terre. Arrivé près de la fenêtre de la cuisine, Simon souleva les oiseaux pour nous les montrer. Il resta là immobile longtemps, trop longtemps, les genoux légèrement fléchis afin d'entrer dans le cadre, comme s'il posait pour un tableau de chasse, une de ces toiles aux couleurs chatoyantes qui faisaient le bonheur de son père et de son grand-père. J'avais réussi à les évacuer du salon et des chambres, ces peintures accumulées au fil des années, mais voilà qu'elles resurgissaient dans mon esprit, et avec elles le souvenir de l'époque où nous partagions la ferme avec mes beaux-parents.

Le visage de Simon, cerné par les oiseaux, était immobile, et s'il n'y avait pas eu le zigzag incessant de la pluie glissant sur les carreaux, on aurait pu croire que le temps s'était arrêté. Un vernis recouvrait ses pommettes rougies par l'effort. Ses lèvres étaient sèches, fendillées aux commissures. Ses cheveux dégoulinaient sur son front. La veine bleutée qui courait le long de sa tempe, à droite, semblait plus gonflée que d'habitude, mais peut-être était-ce la lumière des néons de la cuisine qui donnait cette impression. De larges cernes soulignaient ses yeux et la paupière gauche, alourdie par une traînée noire, troublait son regard d'ordinaire si franc.

La pose était dure à tenir, Simon serrait les dents. D'un coup, comme on abat des cartes, il laissa retomber ses mains. Les lanières de son sac creusèrent un peu plus ses épaules, séparant ses bras du reste de son corps. J'imaginai à l'intérieur les animaux entassés, ceux de chair et de plumes et ceux en plastique qui servaient d'appâts, les piquets, la gourde, les munitions, la toile de camouflage, ça devait peser lourd – Un âne mort, confirmerait Simon. Cheese à ses pieds battait de la queue. Rimbaud, caché derrière le tire-botte, attendait son heure. Fred s'approcha de moi en silence. Elle salua Simon du bout des doigts et, poursuivant son geste, enleva le calot réglementaire qui peinait à contenir ses boucles. Simon voulut sourire, mais c'est une grimace qui prit place sur sa bouche, quelque chose qui s'étirait, sans joie, et j'ai pensé à ce moment-là : il est à moi.

Pas le sourire, non, Simon. Simon est à moi.

C'était une phrase ridicule, personne n'appartient à personne, et pourtant ce sont ces mots qui m'étaient venus à l'esprit. Fred ne connaîtrait jamais le passé de Simon. Elle ne saurait rien des épreuves que nous avions traversées. Du tableau qui s'était inscrit dans le cadre de la fenêtre, elle ne voyait ni les ombres ni les repentirs. Après la mort de ses parents, nous nous étions accrochés à la ferme et la ferme s'était accrochée à nous. Nos corps avaient creusé, bâti, planté ensemble. Ils s'étaient levés avant le jour, avaient attendu la première récolte, les premières ventes, fêté les premiers bénéfices enfin, ils partageaient tout ça que Fred ignorait. Elle pouvait bien passer ses doigts dans ses cheveux, mettre ses sous-vêtements à sécher dans la salle de bains ou tirer sur les fils qui dépassaient de son short, je ne risquais rien. Je l'avais su au moment où Simon avait accroché son sourire à ses lèvres en regardant Fred, ce sourire tordu qui sonnait comme une confirmation : un sourire qui disait j'aurais aimé, j'aurais bien aimé, dans une autre vie peut-être.

Un sourire de renoncement.

Simon déposa son fardeau sous l'auvent, tête, cou, corps, et les ailes en dernier se repliant pour former un gros tas de plumes noires aux reflets bleutés. Comme Cheese recommençait sa danse nuptiale, son sexe largement sorti de son fourreau de poil cette fois, Simon lui intima l'ordre de se coucher d'une voix si dure que le chien partit ventre à terre se réfugier dans sa niche. Rimbaud en profita pour s'approcher des corneilles. Je sortis sur le pas de la porte, Fred me rejoignit. Simon admirait ses trophées. Il ne sentait pas la pluie qui recommençait à tomber. Le sac gisait à ses pieds. Ses mains étaient pleines de sang et de boue.

*

— Sept, lâcha-t-il.

Je répondis par un hochement de tête. Sept, je ne savais pas si c'était peu ou beaucoup.

En tas devant la porte, ça faisait beaucoup.

— Sept de moins à chier dans le jardin des voisins, ajouta-t-il en riant, et tout reprit sa place dans son visage. C'est monsieur Marie-Pierre qui va être content !

— Marie-Claire, corrigea Frederica.

Simon se frotta le nez du revers de la manche. Il comptait maintenant à voix haute, sept multiplié par quinze, ça nous fait sept fois cinq, trente-cinq, je pose cinq et je retiens trois, mais lorsqu'il croisa le regard de Fred il se tut brusquement, mesurant l'indécence de ses propos. Personne n'était censé savoir qu'il chassait pour de l'argent. J'enlevai mon calot et mes gants de cuisine. Il aurait fallu féliciter Simon, mais de quoi, et avec quels mots ?

Fred se rapprocha. Je sentis ses seins contre mon dos, j'avais très chaud soudain, je transpirais. Je me laissai aller en arrière. Je revoyais Noé s'endormant après la tétée, le nez écrasé contre ma poitrine, j'avais peur qu'il ne s'étouffe, alors j'appuyais sur la peau avec mon index, ça formait un petit creux, le souffle chaud de l'enfant était rassurant.

— J'ai cru au début que j'allais rentrer bredouille, lança Simon, mais je ne sais pas ce qui leur a pris, elles ont toutes rappliqué à huit heures, comme si elles avaient rendez-vous pour la messe. Les cloches de l'église ont sonné et pan ! pan ! pan !

Fred était toujours collée contre moi, j'avais l'impression que son cœur battait dans ma poitrine. Comme Simon cherchait mon approbation, je descendis une marche. Les corps se détachèrent. Il y eut un léger rebond, puis plus rien entre Frederica et moi, juste une fine couche d'air chargée d'une odeur particulière qui tenait de nos deux parfums, et d'un troisième, plus mystérieux. Fred se pencha pour ramasser un vieux pied d'ortie qui traînait sur les marches. La tige avait foncé depuis la cueillette, les feuilles s'étaient affaissées. Fred les touchait avec précaution, elle savait qu'elles ne piquaient plus, mais se méfiait quand même. Il faut plusieurs semaines de fréquentation assidue pour admettre qu'en séchant les orties deviennent inoffensives. La peau garde ses distances. Le corps a la mémoire longue, oui, longtemps je me souviendrais de l'émotion qui m'envahit lors de notre première étreinte, sur le seuil de la maison, une étreinte sans bras, dos tourné, et si les mots peinent à la décrire, c'est qu'un autre sentiment venait la contredire. Simon nous regardait en fronçant les sourcils, notre attitude l'inquiétait. Il rentrait en vainqueur, on l'accueillait en étranger. Seul Cheese avait fêté son retour, comme dans ce passage de l'*Odyssée* que Noé étudiait au collège. Après vingt ans d'absence, Ulysse regagne Ithaque déguisé en mendiant. Son chien, le fidèle Argos, est le seul à le reconnaître, mais quand il veut se lever, la mort le saisit. Un dessin illustre la scène dans le livre de Noé : le chien, gueule ouverte, est allongé aux pieds de son maître. Ils échangent un dernier regard. Ulysse cache son visage pour pleurer.

Comme nous restions immobiles avec Fred, bras ballants, Simon sortit de sa réserve.

— Qu'est-ce qu'il y a ? Vous avez quelque chose à me reprocher ? Je vous écoute.

Et, s'adressant à Fred :

— Je t'écoute.

— Je n'ai pas l'habitude de la chasse, dit-elle en faisant une drôle de moue. Mais c'est comme la pluie et les piqûres d'orties, je vais m'habituer.

— Il ne pêchait pas ton père, quand vous campiez sur la plage ?

— Si, bien sûr, il pêchait, mais ce n'est pas pareil...

— Ah bon ?

*

Simon nettoyait son fusil, le dos rond, assis devant la maison. Fred s'entraînait à souffler dans l'appeau. Sans raison apparente, elle se leva brusquement et montra les oiseaux.

— Vous avez vu ?

Elle souffla de nouveau, un cri long et deux brefs, Simon confirma, Fred n'avait pas rêvé : le tas bougeait, on aurait dit qu'il cherchait à se déployer, comme si de tous ces cadavres empilés allait naître un nouvel animal.

Simon nous fit signe de nous éloigner. Il écarta les oiseaux du bout de son fusil. Aucun rat ne sortit de la masse luisante, aucune souris, mais un bec entrouvert qui cherchait de l'air.

Une corneille vivait encore.

Dégagée du poids de ses semblables, elle réussit à se retourner. Son bec s'ouvrit plus grand, laissant échapper un cri déchirant. Elle appelait au secours. Fred souffla une troisième fois dans l'appeau, improvisant une réponse qui se voulait réconfortante. La corneille rassembla ses forces. Elle se hissa sur ses pattes et se mit à marcher en titubant, on aurait dit une marionnette actionnée par des fils invisibles. Mais soudain, les fils se relâchèrent et l'oiseau, tel Argos, s'affaissa sur le côté. Simon chargea son fusil pour lui donner le coup de grâce. Fred bondit.

— Arrête ! ordonna-t-elle.

Simon baissa le canon lentement. Je m'approchai et posai ma main sur son bras, j'avais peur qu'il ne se fâche, comment se permettait-elle de lui donner des ordres ? Mais non, Simon ne se mit pas en colère. Au contraire, il s'excusa, et devant Fred qui était toujours là avec l'appeau, tourna la tête vers moi et m'embrassa sur la bouche, comme pour marquer son territoire. Ses lèvres avaient le goût du sang. Frederica ne baissa pas les yeux, elle resta stoïque, parfaitement indifférente au baiser. La corneille poussa un nouveau cri. L'atmosphère était tendue.

Simon installa une bâche. Je l'aidai à étaler les corneilles une à une en vérifiant chaque fois qu'elles étaient bien mortes. Leurs corps tièdes avaient la mollesse des enfants assoupis. Fred avait calé la rescapée au creux de son bras. L'oiseau s'était laissé faire. Sa respiration s'apaisa. Fred lui parlait doucement, nous ignorant superbement. Quelques minutes plus tard, Simon revint à l'attaque. Elle faisait souffrir cet animal pour rien. Mieux valait le libérer tout de suite au lieu de jouer à l'infirmière, elle n'avait plus douze ans.

Quand Simon disait *libérer*, il fallait entendre *tuer*.

Fred était très calme, trop calme. Elle voyait, expliqua-t-elle d'une voix douce, les choses sous un autre angle. Elle avait déjà soigné un jeune corbeau qui avait eu un accident de chasse, elle savait comment s'y prendre. En premier lieu, il fallait mettre l'oiseau au repos. Je me rangeai à son avis, Simon capitula, comme vous voulez, dit-il, je vous aurai prévenues, et nous voilà toutes les deux en quête d'un endroit paisible où installer la corneille blessée.

Le vent avait balayé les nuages, un soleil presque chaud séchait la campagne. Les morts qui gisaient sur la bâche étaient oubliés, ils appartenaient à un autre monde – celui, légitime, de la guerre contre les prédateurs. Leur vie ne valait pas la peine des hommes. Pour toutes les bêtes, de la plus petite à la plus grande, c'est pareil. Elles ne sont reconnues comme des êtres susceptibles d'éprouver de la souffrance que lorsqu'elles sont aimées individuellement. L'humain qui adopte un animal l'investit d'une sensibilité particulière. Sa propre sensibilité.

Après avoir passé en revue tous les bâtiments, pesé le pour et le contre, je proposai à Fred d'installer la corneille dans la remise qui servait à ranger le tracteur pendant les mois d'hiver. Fred me demanda où elle pourrait trouver de la paille. Elle s'étonna qu'il n'y en ait pas, une ferme sans paille, dit-elle, c'est ballot (ce n'était pas très drôle, mais ça venait de Fred, alors je ris). En guise de litière, j'étalai sur le sol des cartons récupérés dans le cellier et quelques brassées d'orties sèches. Les feuilles crissaient sous les doigts. La corneille avait repris des forces, elle essayait péniblement de s'échapper et je pensai que Simon avait raison, nous la torturions pour rien. Fred tira son foulard de sa poche et le posa délicatement sur la tête de l'oiseau.

Du moment où la corneille fut plongée dans le noir, elle se laissa examiner. Son aile droite était touchée, on devinait l'os, il fallut désinfecter et enlever le plomb. Fred affirma qu'il n'était pas nécessaire de mettre une attelle, un peu d'argile, pour le moment, suffirait à amorcer la cicatrisation. Dans l'après-midi, nous irions demander conseil au pharmacien. Quoi qu'on pense de lui, c'était un amoureux de la nature, toutes les natures, les brunes, les blondes et les animales. Il saurait comment procéder.

Le plomb enlevé, la corneille ne semblait plus souffrir. Elle ouvrit son bec et le referma vigoureusement plusieurs fois de suite.

— Elle a faim, traduisit Fred.

J'allai à la cuisine lui préparer une écuelle avec des pommes, des croquettes ramollies et un reste de poulet. Fred prit un bol qu'elle remplit d'eau à ras bord – j'avais proposé de faire boire l'oiseau avec une seringue, je venais d'en acheter une justement pour injecter du produit contre les termites dans les poutres de l'escalier, mais Fred m'avait regardée comme si j'avais perdu la raison. Les corvidés se nourrissaient à la pince ou au doigt, il ne fallait jamais les abreuver à la seringue sous peine d'étouffement. Elle s'étonnait que je ne connaisse pas ces principes élémentaires, moi qui vivais à la campagne. Comme je proposai d'aller chercher du pain pour compléter le repas, je me fis à nouveau gronder. Ni lait, ni pain, ni sucre, affirma Fred en prenant son air de maîtresse d'école. Et surtout, pas d'avocat. En revanche, si tu as des vers de farine...

Fred commençait à m'agacer. Non, je n'avais pas cet article en réserve. Ici c'étaient orties, orties, orties, comme disait Noé, on ne faisait pas dans la diversité.

— Les corvidés, poursuivit-elle, imperturbable, adorent les vers de farine. Pour les jeunes oiseaux, il vaut mieux leur écraser la tête.

Leur écraser la tête ? De mieux en mieux.

— Écraser la tête des vers, précisa Fred, pas celle des oiseaux, ou les noyer si tu préfères pour éviter qu'ils ne s'accrochent au passage dans la gorge. En les mettant quelques heures dans le congélateur, ça marche aussi.

Fred parlait d'une voix que je ne lui connaissais pas. Était-ce sa mère qui lui avait appris à tuer les vers de farine ? Peu probable. Une fois de plus, j'avais l'impression que cette histoire était montée de toutes pièces. Je lui demandai si c'était vrai. Fred eut l'air surprise, pourquoi m'aurait-elle menti ? Dans quel but ?

Je n'insistai pas, pourtant je restais persuadée qu'elle inventait, ça se devinait à la façon dont elle se frottait les mains. À la lumière dans ses yeux. Au rythme de ses phrases, plus lent que d'habitude, comme si elle cherchait à m'hypnotiser.

— Regarde, s'exclama Fred, elle a redressé son aile !

Fred souleva le foulard. La corneille nous regardait fixement en passant d'une patte sur l'autre. Je me demandais comment elle nous voyait. Les pores de notre peau : énormes. Les boutons, les cicatrices, les poils sur les jambes, tout devait prendre un relief inouï. Je fermai un œil pour tester sa réaction. La corneille baissa la tête sur le côté. Je le rouvris, elle releva la tête. Était-ce un hasard ? J'allais tenter à nouveau l'expérience quand Fred me prit par la main. Il faut la laisser tranquille, murmura-t-elle, sinon elle ne mangera pas.

La porte du hangar se referma derrière nous dans un grincement lugubre. Depuis notre installation, on se disait qu'il fallait nettoyer les rails métalliques, les brosser et graisser les roulettes, mais on ne trouvait jamais le temps de le faire. Voilà ce qui était épuisant à la ferme : chaque bâtisse, aussi rudimentaire soit-elle, appelait travail, entretien, réparation. À part la toiture de la maison principale et la grande cuisine, tout était déglingué ou en cours de déglingage. Tout sonnait comme un reproche. Parfois je rêvais d'habiter un appartement moderne bien isolé avec chauffage inclus dans les charges. J'irais travailler le matin et le soir je rentrerais. J'aurais des chèques-vacances, un compte formation, des tickets-restaurant, des ponts, des indemnités, quoi encore ? Toutes mes heures seraient payées. En échange de quoi...

En échange de quoi ?

Mon imagination s'arrêtait là. Je n'avais jamais eu un travail *normal*, comme disait mon père. J'avais rencontré Simon l'année de mon inscription à la fac, un an plus tard j'étais tombée enceinte, ce n'était pas un accident. En devenant parents, nous pensions échapper à la lourdeur du monde. Simon sortait de l'hôpital après une longue maladie – ça, c'était la version officielle. En vérité, il avait suivi une cure de désintoxication. Il s'était accroché à moi pour ne pas retomber, je l'avais porté en même temps que notre bébé et j'avais aimé ça, être considérée par son entourage et surtout par lui-même comme la femme providentielle, celle qui lui redonnait goût à la vie. La première fois que Simon m'avait emmenée à la ferme, j'avais compris que jamais il ne reprendrait l'exploitation. Ce n'était pas son truc, la dépendance aux animaux, et c'est avec l'assurance absolue de construire quelque chose ailleurs qu'il s'était de nouveau, de visite en visite, réconcilié avec ces lieux qui l'avaient vu grandir.

*

Simon apparut au moment où nous sortions du hangar. Il portait une pelle sur l'épaule et un sac vide accroché au manche. Quand il fut à notre niveau, Fred leva la main. Entre son pouce et son index, elle tenait le plomb qui avait blessé notre protégée.

— Je le mets dans quelle poubelle, celle avec les briques de lait ?

Simon émit un rire nerveux. Il prit le plomb et le jeta au loin. Le métal lui brûlait les doigts, comme si le souvenir du feu était encore plus chaud que le feu. Les corneilles sont enterrées sous le noyer, lâcha-t-il, puis il reprit son chemin, très grand, très droit. J'eus envie de courir derrière lui, de le prendre dans mes bras, mais je n'osai pas le faire devant Frederica. Au dîner, Simon n'ouvrit pas la bouche et alla se coucher plus tôt que d'habitude, le lendemain serait une rude journée.

*

Les lendemains à la ferme sont toujours de rudes journées, Fred commence à l'éprouver dans son corps. À chaque nouvelle tâche, elle découvre des manières de couper, de pousser, de porter qui déclenchent de nouvelles courbatures. À la longue, les muscles se font au travail. Ses avant-bras se sont épaissis, ses mains ont gonflé, ses ongles ont raccourci ; sur les deuxièmes phalanges des trois doigts du milieu, les outils commencent à laisser leur marque. Un matin, Fred me demande conseil. Faut-il mettre de la crème sur les cals ou, au contraire, accepter que la peau durcisse ? Sa question réveille des souvenirs, je vais déjà à la petite école, je suis grande, disent mes parents, mais j'ai toujours peur la nuit, un vrai bébé. Ils ferment ma porte à clé pour ne pas que je sorte. Quand je crie trop fort, ils m'installent devant la télé et ce sont eux qui s'enferment dans leur chambre. Souvent, ils en profitent pour faire l'amour. Je continue mon cirque, comme ils l'appellent. C'est au premier de nous trois qui capitule.

Je me souviens clairement de la sensation, ma gorge se retournant dans la lumière bleutée de l'écran pendant que ma mère, de l'autre côté de la cloison, gémit sous les coups de boutoir paternels. Le lit cogne contre le mur, c'est insupportable, ce bruit qui se répète. Mes parents n'ont pas de mauvaises intentions. Il ne s'agit pas d'une punition, mais d'un exercice d'entraînement à la survie, comme on laisse pleurer les nourrissons pour qu'ils se fassent les poumons. Ainsi dans les mains de Fred, ce n'est pas l'usure que je vois, mais la protection du corps par lui-même.

Le manche de la pelle ou du couteau, la boucle des ciseaux, les bras de la brouette sculptent leurs empreintes en relief, et quand jour après jour nous nourrissons l'oiseau, je les touche, ces mains, je les inspecte, je prends note de leurs transformations.

*

Simon est capable de dire, en regardant une ortie, si elle contient plus ou moins de fer, de silice ou de magnésium. À la texture, la couleur, la taille bien sûr, mais aussi à ce qu'il nomme *l'allure*, comme son père pouvait jauger la santé d'une vache à la façon dont elle portait sa tête. Pas besoin de lui soulever les paupières ni de regarder ses dents. Son instinct était sûr. De l'animal au végétal, il a transmis à son fils cette confiance en lui-même qui fait sa fierté. Mais face à Frederica, c'est différent.

Face à Fred, Simon perd pied.

Quand elle lui donne le plomb, par exemple, sa main tremble, et la force qu'il déploie pour le jeter confirme l'intensité de son trouble. Fred est allée trop loin. Ses plaisanteries débiles, commente-t-il quand je le rejoins dans le lit ce soir-là, elle peut se les garder. Qu'est-ce qu'elle croit ? S'il a tué les corneilles, ce n'est pas pour le plaisir, mais pour répondre à une nécessité.

Je n'ai pas relevé. Évidemment, c'est *aussi* pour le plaisir. Depuis longtemps au village, on ne chasse plus pour se nourrir. Un nouvel espace s'ouvre entre Fred et moi. Un nouveau territoire que Simon nous abandonne.

Les changements ne s'arrêtent pas là. Un mercredi, une courte bagarre signe une transformation notoire dans les relations entre Fred et Noé. Je ne comprendrai que bien plus tard ce qui s'est joué ce jour-là. Je les vois se poursuivre, ils tournent autour du puits, Fred a pris le téléphone de Noé, elle l'agite dans les airs et Noé saute pour l'attraper. Il s'accroche à sa ceinture et la plaque au sol, les corps roulent sur eux-mêmes. Quand j'arrive dans la cour, Noé s'éloigne en boitillant vers l'ancien poulailler, son téléphone à la main. Fred sourit étrangement en imitant sa démarche. Sacré Noé, me dit-elle en revenant avec moi dans la cuisine.

Elle m'aide à éplucher le gingembre et à le tailler en fines lamelles. De toute la semaine, Noé ne lui adressera pas la parole. Il semblera gêné, pas en colère non, embarrassé, comme on le dit d'un estomac qui a du mal à faire son travail.

VIII

Sous le nouveau tee-shirt de Frederica, le foncé des aréoles, étonnamment larges, se devinait en transparence. Un soir qu'elle sortait de sa douche, je l'avais surprise en train de les examiner. Elle les pinçait alternativement, comme pour en faire sortir du lait, et en effet, à force de pincer, un liquide apparut, une goutte qu'elle recueillit sur son doigt avant de la fourrer dans sa bouche. Ce geste me fit rougir, j'avais l'impression d'avoir vu quelque chose que je n'avais pas le droit de voir. Pas les seins de Fred, non, mais cette façon de goûter ce liquide qui sortait de son corps, comme une mère qui boirait son propre lait. Je me retirai sur la pointe des pieds en espérant que Fred ne m'entendrait pas. Elle se retourna brusquement, nos regards se croisèrent. Mon reflet dans la glace m'avait trahie. L'armoire où nous rangions les produits de toilette était entrouverte, je me demandais si c'était moi qui avais oublié de la fermer. Fred portait une serviette enroulée autour de son bassin. Son ventre était très plat, presque creux, sans aucune marque, aucun pli, à part le trou du nombril. J'avais oublié qu'un ventre pouvait ressembler à ça et aujourd'hui encore, quand je pense à Frederica, je vois la peau de son ventre, tendue comme une peau de tambour, et j'en suis émue.

La lumière de la salle de bains était plus faible que d'habitude, une ampoule avait claqué.

— Je suis désolée, balbutiai-je, je croyais que tu étais couchée.

— Désolée, mais désolée de quoi ?

Fred paraissait très à l'aise dans son costume d'amazone.

— Tu aimerais qu'on bouge ? demandai-je soudain.

— Qu'on bouge, qu'est-ce que tu veux dire ?

— Il y a un salon d'agriculture biologique, dimanche prochain, à deux heures d'ici. On peut y aller en train. Tu viendrais avec moi ? Je t'invite. Noé ira passer la journée chez un copain. Simon gardera la voiture. Et les champs.

Fred ne releva pas. Pourquoi aurait-il fallu garder les champs ? À cette époque de l'année, il n'y avait rien à surveiller, et Noé pouvait bien passer la journée seul à la ferme. Je disais n'importe quoi, mais mon offre avait l'avantage d'être claire : c'était à elle, à Frederica, que je proposais d'aller au salon bio, pas à Simon ni à Noé.

Comment expliquer cette envie soudaine ?

Je voulais éloigner Fred de la ferme, c'est ainsi que je me raconterais les choses alors que dans la nuit je repassais la scène. Peut-être aurait-il été plus juste de dire que je voulais la rapprocher de moi. Je pensais que si j'arrivais à conquérir son amitié, elle n'oserait pas me trahir, car j'avais toujours peur que Simon ne tombe dans le piège de sa beauté. C'était bien mal connaître la vie sentimentale de Frederica qui, les pouces glissés entre sa peau et la serviette de bain, accueillit ma proposition avec enthousiasme. Bien sûr que ça lui disait de bouger ! Elle commençait à avoir des fourmis dans les jambes.

Elle fit quelques pas de danse pour confirmer son envie, le Palais, les voisins, le village, le marché et encore le Palais, parfois elle avait l'impression de tourner en rond, je lui suggérai de finir sa toilette et de me rejoindre dans le salon, parler avec ses seins nus devant moi relevait d'un exercice d'autant plus compliqué que j'avais du mal à les quitter des yeux.

*

Le pyjama de Frederica était vert mousse. Les jambes du pantalon traînaient par terre, elle devait le porter taille basse, l'élastique au niveau des hanches, laissant un creux entre les deux qui rappelait que la ligne droite est le chemin le plus court pour aller d'un point à un autre. Je ne le voyais pas, ce creux, je le devinais, car la veste était boutonnée jusqu'en bas. Fred était pieds nus, elle s'était peint les ongles en noir.

— Tu veux que je te prête des mules ?

Fred sourit, est-ce que j'avais dit une bêtise ? Non, pas de bêtise, c'est le mot qui l'amusait. Elle me promit qu'elle n'avait pas froid, pourtant la température avait replongé ces derniers jours – les fameux saints de glace. J'avais trouvé sur le Net le site de la manifestation, Fred se pencha sur mon épaule et lut la liste des exposants. Tout l'intéressait, le nom des gens et celui des exploitations agricoles, l'intitulé des conférences, décidément l'idée de quitter le Palais lui donnait des ailes. Elle suggéra que nous apportions des échantillons pour les laisser à d'éventuels distributeurs. Notre pesto d'orties aux pignons était le produit à promouvoir en priorité : haute teneur en goût et en vitamines, petite taille des bocaux (quatre-vingts grammes) permettant une expédition facile. Ensuite venaient le sel d'orties et les compléments alimentaires. J'insistai pour que l'on présente aussi les infusettes, encore plus faciles à produire et à transporter que le pesto, mais Fred fit la grimace – elle devait mettre les infusettes dans le même sac que les mules, des choses pour les vieux. Je n'insistai pas. J'aurais bien aimé apporter également des échantillons de notre purin d'orties, mais nous n'en avions plus en réserve. Il faudrait attendre la deuxième récolte avant d'en fabriquer avec les plantes du terrain d'en bas.

*

Le purin d'orties, c'était toute une histoire que Simon aimait raconter aux clients. Au début des années 2000, sa commercialisation avait été interdite dans l'Hexagone. Celui qui en vendait, en détenait ou même en diffusait la recette risquait deux mois de prison ferme et une grosse amende. Utilisé directement sur le sol ou en pulvérisation, il stimulait la croissance des plantes et, de manière préventive ou curative, luttait contre les pucerons, les doryphores, ainsi que de nombreuses maladies. On le savait de génération en génération. Pour Simon, interdire le purin d'orties, c'était comme interdire la blanquette de veau. À ceci près que la blanquette n'aurait pas été remplacée par des aliments synthétiques. Car c'était bien cela qui était en jeu : à la place du purin se vendaient des litres et des litres de produits efficaces, souvent, mais aux effets secondaires désastreux pour l'environnement.

Il avait fallu dix années de lutte contre les lobbies pour que le purin revienne, si l'on peut dire, en odeur de sainteté. Aux premières loges de la contestation, Simon était par la même occasion sur la ligne de départ pour sa commercialisation. Les bidons étaient partis comme des petits pains, ce qui nous avait permis d'emprunter de l'argent pour mettre la cuisine aux normes. Les amis des parents de Simon avaient poussé des oh et des ah quand nous avions décidé de nous consacrer exclusivement à la culture des orties, ils ne comprenaient rien au tournant que nous prenions, mais ils furent bien obligés de reconnaître, les années passant, la cohérence de nos choix et l'efficacité de notre gestion. Nous n'étions pas riches, loin de là, mais nous tenions le cap. *Comme quoi* étaient les mots qui revenaient souvent quand ils parlaient de la ferme. *Comme quoi*, suivi par des points de suspension.

*

La veille du salon bio, Fred empila sachets, bouteilles et bocaux dans un sac à roulettes. Le train partait un peu avant neuf heures, je nous imaginais assises l'une à côté de l'autre dans le sens contraire de la marche – Fred ne pouvant pas supporter, m'avait-elle prévenue, de voir le paysage lui foncer dessus. Pendant deux heures nous n'aurions rien de mieux à faire que parler, boire et manger les biscuits aux raisins cuisinés pour l'occasion. Simon avait prévu de vidanger la voiture. Avec un peu de chance, il aurait aussi le temps de s'occuper des courses. Nous prendrions le car pour aller à la gare, j'avais vérifié les horaires, tout se présentait au mieux.

Tout se serait présenté au mieux si Noé ne s'était pas réveillé en nage pendant la nuit. Son front était brûlant. Il avait mal à la tête et à la gorge. Il réclamait sa maman, il n'était pas question que je parte. Après une conversation un peu tendue, Simon avait accepté d'aller au salon bio à ma place. Comble de l'ironie : c'est moi qui avais insisté pour qu'il me remplace. Au moins, pensai-je dans un élan sacrificiel d'une bêtise sans nom, les choses seraient claires. Si Simon et Fred devaient s'aimer, autant qu'ils le fassent maintenant.

*

Le médecin me promit de passer dans la matinée. Je le connaissais bien, très bien même, et depuis longtemps. Mathias Melteron-Desplanques était né au village, ses parents venaient de la ville, à l'école on se moquait de son nom. Je l'avais rencontré en même temps que Simon, il était étudiant déjà, rêvait de devenir chirurgien. Nous avions passé une nuit tous les trois, depuis il était inconsolable, et je n'ai jamais su s'il regrettait vraiment de ne pas avoir fait sa vie avec moi, ou s'il disait cela pour me faire marcher. Il me trouvait formidable, et superbe, et je ne sais quoi encore. Il adorait mes seins, mais pas seulement (*sic*) : il aimait également ma personnalité.

Ce qu'il savait de ma personnalité ? Mystère. Il arriva vers neuf heures, son casque de moto à la main. J'étais dans un sale état. Il dut mettre ma petite mine sur le compte de l'inquiétude maternelle, car il essaya de me rassurer, mais il me rassurait à côté, comme on arrose une plante à côté de son pot. Noé avait une angine d'origine non pas virale, mais bactérienne, et qui dit bactéries, articula-t-il en agitant son index, dit antibiotiques. Si la fièvre ne tombait pas dans les vingt-quatre heures, je ne devais pas hésiter à lui téléphoner.

— Tu as toujours mon numéro personnel? demanda-t-il en baissant la voix. Il n'a pas changé. Et toi non plus tu n'as pas changé...

Il essaya de me prendre dans ses bras, je crois que je lui plaisais encore, enfin je crois, j'en étais sûre, mais comme je résistais il se mit à rire. Je lui demandai si ça l'ennuyait de rester avec Noé pendant que j'allais acheter les médicaments.

Son visage s'assombrit. Il était prêt à tout pour moi, je le savais, il aurait adoré me rendre service, mais je ne me rendais pas compte, c'était impossible. Il avait quatre visites à domicile avant de commencer sa consultation.

— Tu trouveras bien quelqu'un d'autre, dit-il en bouclant son casque. Et comme je devais avoir l'air vraiment perdue, il me suggéra de m'adresser aux nouveaux voisins.

*

Marie-Claire décrocha à la première sonnerie, elle était heureuse que je l'appelle. La poussière formait des moutons sous les meubles, les tomettes tournaient au marron, ça devenait urgent.

Urgent? Il me fallut quelques instants avant de comprendre qu'elle pensait que je lui téléphonais à propos du ménage. La ligne était mauvaise, je renonçai à lui donner la vraie raison de mon appel.

— Elle pourra venir quand, la petite ? insista Marie-Claire. Lundi en huit, dans l'après-midi, ça lui irait ? Je laisserai les clés sous la pierre et le code de l'alarme avec toutes les indications pour la désactiver, vous pourrez l'accompagner ? Je crois que ce serait mieux. Ce n'est pas que je n'ai pas confiance en elle, mais évidemment, quand on n'a pas l'habitude des grandes maisons...

Je dus répondre oui, bien sûr, je l'accompagnerai. Parfait, les clés sous la pierre. Je dus raccrocher, je ne sais plus, j'étais désemparée. Partagée entre la vision de Fred et Simon montant dans le car et la nécessité de trouver quelqu'un pour rester avec Noé. À qui pourrais-je demander ? Je téléphonai aux jumeaux. Une demi-heure plus tard, Melchior et Balthazar arrivaient à la ferme, la casquette vissée sur la tête. Ils couchèrent leurs vélos contre la haie et promirent de ne pas bouger de la chambre de Noé. Il y avait du monde à la pharmacie. Une demi-heure encore, j'étais de retour. Les jumeaux n'avaient pas bougé en effet, la casquette sur les genoux et l'air inspiré, on aurait dit qu'ils veillaient un mort. Ils refusèrent que je les paye – être payés pour rester assis, ce n'était pas leur genre.

Les médicaments absorbés, Noé plongea dans le sommeil. J'en profitai pour m'avancer dans la comptabilité. Je dus m'assoupir un moment car je rêvai que la corneille s'envolait, elle crevait le toit de la grange. Son aile blessée se détachait et s'abattait sur mon visage, comme une main qui cherchait à m'étouffer. Je n'arrivais plus à respirer. Je me réveillai en sursaut. Noé était descendu, il me regardait d'un air inquiet.

— Qu'est-ce qu'il y a maman, ça va ? Tu n'es pas malade au moins ?

Il paraît que j'avais crié. J'avais appelé mon beau-père au secours.

*

Il n'était pas question que je raconte à Fred l'angoisse qui s'était emparée de moi alors qu'ils arpentaient les allées du salon. Selon elle, le bilan de l'expédition était positif. Elle aurait préféré que Simon s'engage un peu plus dans la promotion des produits, mais sans la ferme autour de lui, il devenait transparent, et c'était toujours elle qui devait démarcher. Elle avait trouvé deux enseignes susceptibles de distribuer le purin sec, et deux autres fortement intéressées par les jus énergétiques et les feuilles broyées, mais tous prenaient des marges beaucoup trop importantes, ce qui la confortait dans l'idée qu'il fallait de toute urgence faire évoluer nos offres. Nous ne pouvions pas continuer ainsi, il en allait de l'avenir du Palais. Avais-je réfléchi à la possibilité d'ouvrir une ligne pour le corps ? Elle en avait reparlé à Simon qui l'avait regardée avec des yeux ronds, comme si c'était la première fois qu'elle évoquait le sujet. Une ligne pour le quoi ? Le corps, quel corps ?

Ils s'étaient endormis dans le train du retour et avaient failli rater leur correspondance. Bref, tout s'était bien passé pour eux, même si, elle devait l'avouer, je lui avais manqué.

Tout s'était bien passé pour eux, et tout me faisait mal dans ce récit. L'image de Fred et Simon dormant côte à côte dans le train ne me quitta pas de la semaine. Il était si facile de se laisser glisser, l'épaule est conçue pour ça, pour qu'on y pose la tête. Si facile de prendre une main qui traîne sur l'accoudoir. Pourtant, rien dans l'attitude de Simon ne pouvait alimenter mon inquiétude. Il était doux et prévenant, pas plus, pas moins que d'habitude, et si nous n'avions pas fait l'amour ces dernières nuits, ce n'était pas à cause de lui. Mon corps était cadenassé. Dès que Simon se glissait sous les draps, je me retournais vers le mur. Je forçais ma respiration pour qu'il me croie endormie. Simon embrassait le bras qui dépassait, remontait la couverture. Une fois, je l'avais entendu qui se caressait, ça m'avait donné envie. Les seins de Frederica me poursuivaient, je les voyais en transparence, je me souvenais d'eux dans la salle de bains alors qu'en petite tenue nous parlions de l'idée d'aller au salon. J'aurais mieux fait de me taire ce jour-là. J'avais voulu jouer, me rapprocher de Fred en l'éloignant de la ferme, j'avais perdu.

Perdu le reste de confiance en moi qui m'avait soutenue jusque-là.

Perdu confiance en Simon.

Perdu Noé même, qui depuis qu'il m'avait surprise en train de dormir, le visage grimaçant, me regardait avec méfiance. Les enfants ne supportent pas les douleurs des parents. Ce n'est pas leur rôle, de supporter. Pensant que ça le soulagerait de savoir pourquoi j'avais crié, je lui avais raconté mon cauchemar. L'image de l'aile venant se plaquer contre mon visage l'avait marqué. Comment pouvais-je avoir des scènes aussi violentes dans ma tête ? Quelques jours plus tard, je l'avais entendu en parler à son père dans la cuisine. Tous les deux me croyaient en train de nettoyer la broyeuse, manque de bol, j'avais déjà fini et arrivai juste au moment où Simon disait à Noé, dans un haussement d'épaules : Tu sais, ta mère...

J'étais sortie du couloir, toutes griffes dehors. Sa mère, qu'est-ce qu'elle avait sa mère ? Une pile d'assiettes était posée sur la table, je faillis les balayer d'un geste et sans la présence de Cheese, je l'aurais fait. Je ne voulais pas blesser le chien, il n'était pas responsable. Encore que. Sa façon de renifler les jambes de Frederica, de la suivre partout... Parce que ça continuait, et Rimbaud aussi sautait sur ses genoux dès que l'occasion se présentait. Qu'est-ce que cette fille avait de plus que moi ?

*

Frederica arriva au moment où je débarrassais. Comme souvent les dimanches, elle avait passé la journée dans sa chambre. Elle n'était même pas descendue pour le déjeuner, prétextant qu'elle n'avait pas faim.

Elle m'aida à faire la vaisselle, alors la question surgit. Sans préavis, sans fioritures, sans agressivité apparente. D'une voix qui se voulait calme, je demandai à Frederica si elle était amoureuse de Simon, et Frederica me répondit du tac au tac : T'es conne ou quoi ?

Puis, un ton plus bas : Si j'étais amoureuse, ce ne serait certainement pas de Simon.

Sur ces mots, elle alla prendre une douche, très longue, très chaude, l'équivalent d'une année de fuites, comme si elle voulait se laver de ma question, gaspillant en quelques minutes le bénéfice de toutes les réparations qu'elle avait effectuées depuis son arrivée au Palais.

De qui était-elle amoureuse ?

Non, pas le pharmacien, c'était impossible.

Après sa douche, elle redescendit, une serviette enroulée autour de son corps et une autre, plus petite, autour de sa tête.

— C'est bien demain, demanda-t-elle, le ménage chez Marie-Claire ?

IX

Quelques mois après l'achat de la maison, le voisin nous avait signalé la présence d'orties dans son domaine. Simon avait calmé le jeu d'emblée. Il était entendu que nous allions faire le nécessaire pour limiter ce qu'il appelait la contamination – Encore un peu et il parlera de grand remplacement, disait Anaïs qui l'avait en grippe. Mais nous n'en étions pas là, nos relations demeuraient cordiales malgré ce *petit différend.*

Un an plus tard, le dossier n'avait pas avancé d'un pouce. Il aurait fallu demander aux jumeaux de creuser des tranchées pour empêcher les rhizomes de se développer, ou louer un de ces outils munis d'une chaîne hérissée de couteaux et de pics, mais Simon disait que c'était de l'argent foutu en l'air (ses mains lançant de chaque côté de son corps des billets imaginaires) – de l'argent que nous n'avions pas. J'en avais discuté avec Anaïs, son diagnostic rejoignait celui de Simon et se résumait en deux mots : laisser courir. J'étais de leur avis. Les voisins n'apprécieraient sûrement pas les stigmates qu'engendrerait le passage d'une trancheuse mécanique en bordure de pelouse.

Laisser courir, oui, ou laisser couler.

Et ça coulait. À chaque pluie, chaque rayon de soleil, le phénomène prenait de l'ampleur. Nos champs, à bas bruit, grignotaient les pelouses. Pour les orties il n'y avait pas de différence entre ici et là, chez nous et chez les autres, pas d'acte de propriété ni de frontières à respecter, et le vert tendre du gazon se perlait au printemps de pousses vert cru. Pour couronner le tout, dès qu'il entendait le ronron de la voiture électrique des voisins, Rimbaud venait miauler chez eux comme si nous ne lui donnions pas à manger, et là encore, rebelote : rien ne pouvait le retenir à la ferme, aucune laisse, aucun collier. J'avais beau dire à Marie-Claire que le chat était nourri, et que les orties étaient des plantes utiles qui rééquilibraient le sol en profondeur et attiraient quantité d'insectes intéressants pour son potager, son mari s'obstinait à réclamer l'érection des fameuses tranchées qui délimiteraient clairement nos territoires, si on peut parler d'érection pour un ouvrage en creux. Les choses s'envenimèrent encore quand leur jardinier, car Marie-Claire avait dans sa vie un homme qu'elle appelait *notre jardinier*, commença à traiter les pelouses en pulvérisant un liquide qui sortait d'un bidon tatoué d'une tête de mort. Simon composa le numéro de téléphone du voisin. Les pesticides, lui expliqua-t-il, comme les orties, se moquaient du cadastre. Se rendait-il compte des conséquences de leur geste ? La ferme vivait sur une économie d'une fragilité dont il n'avait même pas idée. Il risquait, pour quelques plants égarés, de mettre l'affaire en faillite.

Le voisin s'excusa platement, il allait joindre tout de suite son jardinier – et en effet, peu de temps après le coup de fil de Simon, les pulvérisations cessèrent. La semaine suivante, Marie-Claire m'envoya une photo de son mari debout avec le bidon devant la déchetterie. Depuis ce jour, nous n'avions plus jamais entendu parler ni du chat ni des tranchées.

Plus jamais jusqu'à ce lundi où, accompagnant Frederica chez eux pour l'aider à faire le ménage, je trouvai une lettre sur la table de la cuisine.

Marie-Claire repartait à l'attaque, reprenant mot pour mot ce que son mari avait déjà exposé à Simon l'année précédente, le problème des orties qui colonisaient le jardin, le problème du chat qui miaulait aux fenêtres, sans compter celui des odeurs désagréables inhérentes à ces deux questions. Rimbaud se faufilait dans la maison dès qu'il voyait une porte ouverte et faisait ses besoins dans l'armoire à linge. Quant aux orties que nous mettions à tremper dans les bacs à purin, pas de commentaire.

Au dos de ce réquisitoire se trouvait la liste détaillée des tâches à effectuer. L'ambiance basculait. Les lettres étaient bien dessinées, liées par des traits arrondis.

— Elle croit quoi, avait commenté Fred en parcourant la feuille des yeux, que je viens d'apprendre à lire ?

Passer l'aspirateur dans la salle, avait écrit Marie-Claire. Faire la salle de bains, les toilettes et la cuisine à fond (le four est propre, mais les brûleurs sont à gratter). Passer la toile encore sur les tomettes des deux chambres au premier étage (la toile = la serpillière). Balayer l'escalier, signaler les crottes de souris si besoin est. Enlever les draps du dessous, les taies et les housses de couette. Les laver programme coton quarante, les étendre avant de partir. Ne pas laver les alaises ni les courtepointes (dessus-de-lit anciens, ne jamais laver, même séparés, MERCI). Repasser les panoplies de la semaine précédente et les mettre en place, les petites fleurs dans la chambre beige, les grosses dans la chambre blanche, ne pas intervertir, ce sont les draps à grosses fleurs qui doivent être mis dans la chambre blanche – *on avait compris.* Vider les cendres de la cheminée, s'en débarrasser et ne pas oublier de sortir les poubelles.

Frederica relut la phrase à voix haute.

— Elle veut qu'on les mette où, les cendres ? demanda-t-elle en me regardant d'un air incrédule.

Il est vrai que le verbe sonnait étrangement. S'en débarrasser, comme on se débarrasserait d'un corps, ou des restes d'un corps. Que brûlaient les voisins dans leur belle cheminée bourgeoise ? La plaque de fonte fixée au fond du foyer représentait deux hérons aux cous enlacés, comme s'ils cherchaient à s'étrangler l'un l'autre. L'image était douloureuse. Dans leurs becs entrouverts s'accrochaient des boules de suie d'un noir brillant. Je repensai aux dépouilles des corneilles. Simon ne les avait pas abandonnées dans la forêt, comme il l'aurait fait avant l'arrivée de Fred, mais enterrées sous le vieux noyer. Il avait pris cette peine. Les noix, si ce n'est cette année du moins l'année prochaine, porteraient en leurs bogues un arrière-goût d'oiseau.

Le salon des voisins était en désordre, je tapais mécaniquement sur les coussins pour leur donner un aspect rebondi, il fallait bien commencer quelque part. Je devais avoir l'air ailleurs, car Fred me demanda à quoi je pensais.

— Au noyer, répondis-je en redressant le tableau accroché au-dessus du canapé, on dit que son ombre est froide. Qu'il ne faut pas s'endormir dessous.

Fred fronça les sourcils. Elle avait cru, m'expliquerait-elle plus tard, que je parlais de quelqu'un qui s'était noyé, elle ne voyait pas comment on pouvait dormir sous lui, je n'eus pas le temps de rectifier. Le téléphone fixe sonnait. Je décrochai.

— Allô, entendis-je, allô ?

Je reconnus la voix de la voisine, son timbre de fumeuse. Marie-Claire était ravie de tomber sur moi plutôt que sur *la petite.* Elle regrettait d'avoir évoqué dans sa lettre les questions restées en suspens, ce n'était certes pas très habile de sa part, mais son mari l'avait obligée à le faire, elle avait pris note sous sa dictée.

Histoire, disait-il, de crever l'abcès.

En ce qui la concernait, rien ne pressait, elle était sûre que nous allions trouver une solution. Elle voulait s'excuser parce qu'ils étaient partis très vite la veille, laissant tout en désordre, là encore c'était son mari qui ne lui avait pas laissé le temps de ranger. Du coup, elle avait oublié de préciser que la lessive et l'adoucissant étaient entreposés dans le cagibi sous l'escalier et, du coup encore, oublié de nous dire que nous pouvions, enfin pouvions, pas pouvions corrigea-t-elle, devions, que nous devions emporter les restes de nourriture périssable qui étaient dans le frigidaire, ainsi que la bouteille ouverte de vin blanc. Elle avait également omis (pas oublié cette fois, *omis*, ça devait être plus grave) de fixer le tarif de la prestation.

— La prestation, quelle prestation ?

— L'heure de ménage, précisa-t-elle, visiblement agacée par ma question.

Comme la plupart des gens qui gagnent bien leur vie, Marie-Claire n'aimait pas parler d'argent.

— Je vous propose onze euros de l'heure, poursuivit-elle.

Il y eut un silence. Onze euros, ça ne ressemblait à rien. Je levai le pouce, non pour dire à Fred qu'il fallait accepter, mais pour lui signifier que j'allais essayer d'obtenir plus. Sans attendre son feu vert, je lâchai dans le combiné : Douze, *la petite* veut douze euros.

Marie-Claire accepta sans discuter. Je regrettai de ne pas avoir demandé douze cinquante.

— Je vous donnerai sa petite enveloppe au marché samedi prochain, reprit Marie-Claire d'un ton léger, ou je vous l'apporterai dimanche. Deux heures de ménage, ça devrait suffire, mais s'il faut trois heures, va pour trois heures. Et en ce qui concerne la première séance, je paye quatre heures, deux fois deux, bien sûr, vous n'allez pas venir pour rien. Au fait...

— Au fait quoi ?

— J'ai acheté des Beluga. Et vous n'aviez pas tort, c'est une tuerie.

— Une quoi ?

Fred appuya sur la touche du haut-parleur et me fit signe de poser le combiné. Après quelques commentaires élogieux sur les lentilles, Marie-Claire reprit la litanie des tâches oubliées, de celles qui ne figuraient pas sur la liste. Elle avait vraiment une jolie voix, j'aimais sa façon de lier les phrases, ses intonations un peu snobs pour parler de choses sans importance. Fred me regardait en souriant. Ses yeux semblaient encore plus clairs que d'habitude. Je crois que je rougis quand elle m'attira vers elle. Je protestai, qu'est-ce que tu fais, bredouillai-je, mais déjà je sentais sa poitrine contre ma poitrine et le goût de sa bouche dans ma bouche. Ses lèvres étaient enveloppantes. Fred, d'un doigt léger, interrompit la communication. La voix de Marie-Claire disparut dans les limbes. Nous nous embrassions.

La suite du ménage se déroula sans incident, si on peut appeler ça un incident.

Ça : ma légère résistance. Sa légère insistance.

Ça : la douceur, la surprise, la chaleur de ce baiser. Un plaisir qui prend tout le corps.

Et après ? Rien. Surtout rien. Oublier ce que nous venions de faire, mettre les draps dans la machine à soixante degrés, non, quarante, claquer le hublot et poursuivre notre travail. Marie-Claire rappela deux fois. On laisse sonner ? On laisse sonner. Au moment de changer les draps, mes jambes se remplirent de coton. Je redoutais ce passage obligé dans la chambre, ou plutôt les chambres, puisque monsieur et madame avaient chacun la sienne, petites fleurs, grandes fleurs. Quand je dis redouter, on se comprend. Je nous revois, chacune d'un côté du lit, soulevant le matelas pour passer les coins du drap-housse. Lissant le coton du plat de la main, éliminant quelques grains de calcaire, paupières baissées, jusqu'à obtenir une surface parfaitement tendue où se devinait çà et là le souvenir du fer. À l'étape suivante, Fred leva les yeux. D'un instant à l'autre, elle pouvait en tirant le drap m'attirer vers elle. J'aurais pu me dire pour me rassurer que ce n'était pas ma faute, même si je ne voyais pas où était la faute en vérité. Nous nous serions aimées.

Mais non, ce n'était pas mon genre.

Pas mon genre de quoi ? Pas mon genre tout court. Pas le genre attendu pour vivre une histoire parallèle, aussi m'appliquai-je à ce que tout prenne sa place habituelle, les oreillers dans les taies d'oreillers, la couette dans la housse de couette. Fred allongea le bras, je sentis son odeur poivrée. Si nous ne le faisions pas maintenant, nous ne le ferions jamais.

Mais faire quoi exactement ? Quelques mois plus tôt, j'avais vu avec Simon un film en costume évoquant la vie amoureuse de Colette. L'écrivaine était allongée sur une méridienne, l'air rêveur. Une femme plus âgée, cheveux à la garçonne, guêtres et lavallière, entrait dans la chambre sans frapper et, retroussant la robe de Colette, enfournait sa main entre ses cuisses, puis la ressortait, et la rentrait en soufflant. Le geste m'avait marquée. Ça devait faire mal, avais-je pensé, d'être pénétrée, sans préparation, par un pénis avec des ongles. Au moment d'aller nous coucher, Simon m'avait demandé si j'avais trouvé ça excitant. Non, pas excitant du tout, mais alors pas du tout, et à cause de la répétition de ce *pas du tout* Simon avait dû comprendre que le geste de la femme aux guêtres ne m'avait pas laissée insensible. Comme nous n'arrivions pas à dormir, il avait reproduit la scène. Je m'étais prêtée au jeu, j'avais même simulé un petit orgasme pour qu'il arrête. Simon avait à sa disposition bien mieux que ses doigts rugueux, mais la même chose avec la main de Frederica, la même chose avec sa langue, ses lèvres douces... Fred qui était là, debout sous la lucarne, serrant le couvre-lit matelassé dans ses bras comme un gros nounours. Une ombre dans les yeux, un souvenir peut-être... Quand elle le jeta sur la couette, mon cœur s'emballa. Je crus que le moment était arrivé. Je me penchai vers Fred, ou plutôt vers le milieu du lit. Je sentis mes seins basculer. Je portais un soutien-gorge légèrement pigeonnant qui avait tendance à remonter, je fis un geste pour le remettre à sa place. J'entendis Fred soupirer. Un objet tomba de ma poche. Le bruit métallique sur les tomettes me ramena à la réalité.

Et la réalité, c'était Simon.

*

Simon m'avait donné avant de partir la petite boîte en métal qui avait contenu le savon au lait d'ânesse. Je devais la laisser en évidence pour le mari de Marie-Claire dont nous ne connaissions toujours pas le prénom.

La boîte, où mettre la boîte ? Enfin une question concrète à laquelle nous raccrocher. Comme j'expliquais à Fred la mission que m'avait confiée Simon, elle me suggéra de la poser près du rasoir de monsieur, dans la salle de bains. Puis elle me demanda ce que contenait la boîte, je ne le savais pas, ça pouvait sembler étrange mais c'était ainsi entre Simon et moi : on ne se disait pas tout, on ne s'était jamais tout dit. Chacun avait sa part d'ombre, et c'était bien ainsi. Ce qu'il y avait dans la boîte ? Je ne lui avais pas demandé. Fred fit semblant de se contenter de ma réponse. Au moment de partir, elle remonta au premier étage sous prétexte d'aller aux toilettes. Quand elle redescendit, la réponse était dans sa main. Il ne s'agissait pas de coquillages comme je l'avais cru sans me demander pourquoi Simon offrait des coquillages au voisin, mais de morceaux de corne noire, liés par des élastiques.

— C'est quoi ? demandai-je.

— Compte, ordonna Fred. Tu comprendras.

Sa voix avait changé. Il y en avait six paires. Douze morceaux.

Je fus prise d'un rire nerveux. L'idée que Simon ait mutilé les oiseaux avant de les enterrer était inconcevable. Fred se mit à rire à son tour, elle bougeait la tête de droite à gauche, ce n'est pas possible, disait-elle en retenant ses cheveux, ce ne sont pas des becs, et je nous revois toutes les deux, assises sur le canapé, essayant d'éloigner de notre esprit l'image de l'amputation. Je disposai les pointes noires en rang d'oignons sur la table basse. Les élastiques ne tenaient pas bien, ça devenait très confus dans ma main. Ainsi alignés, les becs ressemblaient aux rognures d'ongles d'un géant.

— Leur place est sous le noyer, dit Frederica en les remettant dans la boîte. Avec les corps. On ira les enterrer ce soir.

Fred posa deux doigts sous mon menton et m'obligea à relever la tête comme on le fait avec les enfants qui ont du chagrin.

— Sinon, poursuivit-elle, les corneilles ne pourront pas frapper à la porte du paradis.

J'imaginais les oiseaux devant la porte fermée, un trou noir en guise de heurtoir. Comment Simon avait-il pu en arriver là ? La chasse, avec ou sans récompense, était inscrite en lui depuis l'enfance, il s'agissait d'un rituel, impossible de lui en vouloir, mais qu'il soit capable d'une telle violence envers ses proies dépassait l'entendement. Je repensai au maréchal-ferrant, sa façon de caler le sabot du cheval sur sa jambe. Les clous des anciens fers résistent un peu puis, quand le bon angle est trouvé, la bonne tension, ils sortent tout seuls. Peut-être était-ce la même chose avec les becs des oiseaux. Il suffisait de bien les caler dans la tenaille, en ne serrant pas trop fort pour ne pas les casser, et de faire levier. Des larmes roulaient sur mes joues. Fred me prit la main et la serra de toutes ses forces. Elle me faisait mal. Ne supportait pas, disait-elle, de me voir pleurer.

*

Les nuits qui suivirent les premières heures de ménage avec Frederica furent agitées. Je revoyais la maison des voisins dans les moindres détails avec cette énergie compulsive des lendemains de fête ou de catastrophe, passant et repassant la scène sans réussir à m'en détacher. Le baiser, les becs. Petites fleurs, grandes fleurs. Les voisins avaient laissé une bouteille de vin blanc à demi pleine sur la table basse, devant la cheminée. Un cendrier publicitaire avec des noyaux d'olives et des cigarettes écrasées à mi-course s'était renversé. Les filtres portaient la marque du rouge à lèvres couleur prune de Marie-Claire, Fred prit un mégot et, tête à l'oblique, le ralluma. Elle tira une longue bouffée avant de me le passer en le pinçant entre le pouce et l'index, comme s'il s'agissait d'un joint. Le rouge à lèvres avait un goût particulier, de la badiane peut-être. Je me disais que si j'avais une femme de ménage, je ne lui aurais pas laissé mes mégots à ramasser, des mégots estampillés, portant la mémoire de ma bouche. Tout était à l'avenant, en vrac, les chaussures de randonnée près de la porte, les coupe-pluie encore humides étalés sur les fauteuils. Sous le lit, dans la chambre blanche, gisait une souris morte, qui s'était révélée après examen ne pas être une souris, mais une capote usagée avec un petit nœud en guise de tête. J'imaginai le préservatif éclatant dans le ventre tiède de l'aspirateur. Le sperme s'infiltrant dans les moutons, les toiles d'araignées et les miettes de pain, le tout formant une bouillie blanchâtre.

La voix de Simon vint interrompre mes rêveries. Je me demande bien, disait-il, pourquoi tu es restée avec Fred chez les voisins. Tu aurais mieux fait de la laisser tranquille, elle a peut-être besoin d'air, non ? Tu y as pensé à ça, qu'elle pourrait avoir besoin d'air ?

J'encaissai mollement. Fred n'avait pas besoin de s'éloigner de moi pour trouver de l'air, il lui suffisait de se rapprocher, au contraire, et de coller ses lèvres contre mes lèvres.

J'effaçai d'un mouvement de tête le souvenir du baiser, et expliquai à Simon que je ne voyais pas comment Fred se serait débrouillée sans moi. Elle était nettement plus compétente en travaux tout court qu'en travaux ménagers, ne savait pas plier une serpillière autour d'un balai-brosse et passait l'aspirateur en soupirant, ce n'était vraiment pas son truc la propreté, finalement, sauf dans la cuisine et la salle de bains. Quand il s'agissait de verser du vinaigre blanc sur les dépôts de calcaire, là elle semblait à son affaire, comme elle était à son affaire lorsqu'elle avait, chez nous, changé le siphon et le robinet.

Chez les voisins, la plomberie fonctionnait bien, seules les toilettes du premier fuyaient. Ou plus exactement, elles fuyaient avant notre passage. Fred ne pouvait pas supporter que l'eau coule pour rien, ça la rendait nerveuse. J'ai la réparation dans le sang, m'avait-elle dit en réglant le flotteur. Je tiens ça de mon père. Lui, c'était l'histoire de ses ancêtres qu'il voulait réparer.

*

Anaïs désirait tout savoir. Est-ce qu'il y avait un chauffage central ? Des radiateurs en fonte dans les chambres ? Une pompe à chaleur air-air, air-eau, eau-eau ? Un sèche-serviettes électrique ? C'était plutôt design soixante-dix ou poutres apparentes, poufs ou coussins, appliques ou lampadaires ? Elle me demanda si, aux prochaines vacances, elle pourrait aider Fred à faire le ménage pour voir de ses propres yeux à quoi ressemblait la maison des voisins. J'imaginai les deux filles en train de changer les draps. Elles attrapent le tissu, le tirent, se penchent l'une vers l'autre. Anaïs porte souvent des décolletés plongeants, elle est fière de sa poitrine et la met en valeur avec une gourmandise que je lui envie. Je répondis d'une voix sans appel qu'on ne lui payait pas des études pour qu'elle aille nettoyer la merde des voisins.

Anaïs parut surprise. Elle n'insista pas. Si elle me téléphonait, c'était pour un autre sujet. Elle avait discuté un long moment avec Fred. Elle était d'accord avec elle : le pesto d'orties, c'était bon, ça se vendait bien, mais le coût de production était beaucoup trop élevé. On ne pouvait pas continuer à travailler pour des clopinettes. Anaïs avait passé plusieurs soirs en cuisine chez son ami et créé une nouvelle recette en remplaçant une partie des pignons et du parmesan par... devine quoi ? Une fleur qu'on a en grande quantité dans le jardin.

— Des soucis ?

— Non... Plus gros.

— Des tournesols ?

— Plus gros encore... Tu ne vois pas ? Des artichauts ! L'idée m'est venue à cause du nom, ortie, *arti*, qui se ressemble s'assemble et effectivement, ça donne une pâte plus onctueuse et surtout nettement plus économique à produire. La bonne nouvelle, c'est que le goût de l'artichaut ne domine pas celui de l'ortie comme on pourrait l'imaginer, conclut-elle avec emphase, il le transcende.

*

Après le coup de fil d'Anaïs, la petite fabrique à pesto prend son envol. La ferme est en ébullition. Nous trouvons sur le Bon Coin de nouvelles machines pour hacher les orties et les mélanger mécaniquement aux autres ingrédients. Le seul problème, c'est que les artichauts qui poussent derrière l'ancien poulailler n'ont pas été traités au purin puisque depuis la mort des beaux-parents, à part quelques plants pour notre consommation personnelle, on les laisse fleurir. Ils sont envahis par des fourmis qui vont et viennent sur la tige, et qui dit fourmis dit élevage de pucerons noirs – les pucerons ponctionnant la sève de l'artichaut et rejetant le miellat dont les fourmis raffolent. Il semblerait que d'autres créatures, plus petites encore, se logent dans les interstices, formant une colonie peu ragoûtante. Il est possible d'en enlever une partie en laissant tremper les têtes dans de l'eau vinaigrée, mais il reste toujours des insectes coincés entre les feuilles.

Acheter des artichauts ? La solution est simple, c'est ce que nous nous résolvons à faire. Nous découvrons le plaisir de travailler avec des plants exempts de tout parasite. La préparation réclame moins d'attention, moins de temps, même si nous devons payer la matière première, nous y gagnons, mais il faut bien le reconnaître : le pesto n'a pas le même goût. Il est fade, sans intérêt. Anaïs interrogée en urgence répond qu'elle est en pleine période d'examen blanc, elle ne peut pas nous aider. D'une phrase, Fred relève le défi. Il n'existe à sa connaissance aucune allergie alimentaire aux pucerons. Elle n'en dira pas plus, mais sa remarque est claire : nous reprenons notre production comme avant. Cent pour cent bio, insectes compris, cent pour cent maison.

*

Un samedi matin, pendant que je suis en train de couper les derniers artichauts dans le jardin, un homme d'une quarantaine d'années, bien habillé, sonne à la porte principale. Fred lui ouvre. Quand j'arrive, il est déjà reparti.

— C'était qui ?

— Gérard. Il est passé régler ses dettes.

— Qui ça ?

— Gérard, répète Fred, le mari de Marie-Claire. Il voulait savoir ce qu'il devait à Simon pour les corneilles. J'ai répondu quatre-vingt-dix euros, il m'a donné cent, deux fois cinquante, j'ai fait semblant d'aller chercher de la monnaie mais il a levé la main comme ça, grand prince, pour dire de ne pas m'en faire. Je n'ai pas insisté. Les deux billets sont dans la soupière. Je ne lui ai pas parlé de notre protégée, on garde ça pour nous, ce n'est pas son affaire.

Comment sait-elle qu'il s'appelle Gérard ? J'ai un doute, un instant : et si Fred connaissait son prénom parce qu'elle se faufile dans la chaumière par la porte du garage, le dimanche matin, pendant que Marie-Claire fait les courses ? Fred n'est pas amoureuse de Simon, je veux bien le croire, ni du pharmacien Dieu soit loué, mais rien ne prouve qu'elle ne couche pas avec Gérard. Je chasse l'image de Fred nue dans les draps à fleurs, les grandes fleurs. Le voisin a dû se présenter en arrivant, il a dit son prénom, ce n'est pas plus compliqué que ça, qu'est-ce que je vais encore inventer ?

Le repas du soir fut rocambolesque, je n'avais pas la tête à manger, le four tomba en panne, ou plutôt je crus qu'il était en panne lorsque je sortis le gratin, pas gratiné le gratin, non, ni même cuit : carbonisé. Et sous la couche noire, la chair dure des pommes de terre en rondelles flottant dans un liquide beige parsemé d'ectoplasmes filandreux qui m'évoqua immédiatement le sperme et la poussière dans le sac de l'aspirateur. Je repoussai l'image en flanquant le tout au compost sous le regard étonné de Simon. Ce n'était pas dans mes habitudes de jeter la nourriture – Mais qu'est-ce qui te prend, demanda-t-il, le lait a tourné ?

— Obsolescence programmée, lâchai-je en désignant la cuisinière. Le four est foutu.

Noé se mit à chanter en claquant des doigts, le four est foutu, le four est foutu, et en dansant sortit la salade de haricots rouges du frigo. En vérité, je le comprendrais le lendemain, le four marchait très bien, je m'étais juste trompée dans les réglages. La salade de haricots était une des spécialités de Simon, avec le gâteau au chocolat et les rognons de porc. Il y mettait du maïs, des tomates en saison, de la coriandre et du piment. Parfois, une boîte de thon. Il la préparait très à l'avance, prétendant que ça prenait mieux le goût. Le goût de quoi ? Difficile à dire. Je demandai à Noé s'il pouvait aller cueillir du persil. Fred agita les ciseaux en l'air. Mon sexe se contracta.

— Je m'en charge, lança-t-elle. Il en faut beaucoup ?

— Une tonne, répondit Noé, maman adore le persil. Dans une autre vie, elle a été lapin.

Fred me regarda en fronçant le nez. Pendant tout le reste du repas furent échangées des phrases banales et charmantes. Des phrases comme de la musique, qui portaient le récit des aventures de la woofeuse. Noé tripotait ses couverts, il essayait de les maintenir en équilibre sur la tranche, il était temps de se lever. Fred remballa ses histoires et plia sa serviette. Pas la peine de débarrasser, on ferait la vaisselle demain, nous allions profiter de l'éclaircie pour sortir.

On se disputa pour savoir à quelle heure tomberait la nuit, dix heures affirmait Noé, à cinq minutes près, je crois qu'il avait quelques semaines d'avance. Même en comptant une demi-heure de moins, nous aurions le temps d'aller au village. Nous emporterions un sac pour cueillir des orties qui poussaient près de l'ancien lavoir, comme si nous n'en avions pas assez dans nos propres champs. J'avais gardé cette habitude du temps où la ferme était encore entre les mains de mes beaux-parents. L'atmosphère était au partage, même Noé vint avec nous. Ce fut joyeux. Simon nous raconta comment, enfant, il faisait les quatre cents coups avec Balthazar. Fred, les pouces dans les poches de son blouson en jean, écoutait d'un air distrait, peut-être pensait-elle au voisin, et voilà que je recommençais à les imaginer tous les deux.

Arrivé à l'église, Simon proposa de rentrer par la rivière. Noé ne fit aucun commentaire sur la boue du chemin, ses chaussures étaient sales, il ne semblait pas s'en préoccuper. De jour en jour je le voyais changer. Il grandissait, ou alors je m'apercevais seulement maintenant qu'il avait grandi. La présence de Fred m'aidait à le regarder comme un être séparé. Noé parlait de l'avenir. Avait envie, l'année prochaine, d'aller en pension lui aussi, comme sa sœur. Les papiers étaient prêts, ne restait plus qu'à les signer et à les envoyer. Quand on vit à la campagne, c'est dans l'ordre des choses. Les études se font au loin. On ne peut pas revenir tous les soirs à la maison, trop de fatigue, trop de kilomètres, surtout l'hiver. Je m'imaginais seule dans la grande cuisine avec Simon. C'était normal et triste. Je marchais à la traîne, Fred me rejoignit.

— Il ne faut pas t'inquiéter, me dit-elle en me prenant la main. On va trouver une solution.

— Une solution pour quoi ?

Fred ne répondit pas. Elle avait repéré une fleur étrange au milieu d'une touffe de trèfles.

— Tu connais ? me demanda-t-elle.

En se baissant pour sentir la plante, elle perdit l'équilibre, je la rattrapai de justesse. Elle me remercia d'un baiser sur la joue. J'aurais aimé qu'elle reste pour toujours. Les trois vaches du pré d'en bas vinrent nous saluer. À cette heure tardive, les mouches avaient abandonné leurs yeux, et c'est avec lenteur et sérénité qu'elles tendaient vers nous leurs museaux brillants. Je revoyais Anaïs, toute petite, buvant le lait à même le pis, une giclée qu'elle attrapait au vol. Elle aimait accompagner son grand-père à l'étable. Au retour, ils passaient par le pneu suspendu pour faire de la balançoire, et le grand-père poussait, poussait...

— Encore, criait Anaïs, cramponnée aux chaînes, encore !

Ma fille me manquait. Nous nous téléphonions souvent, au moins une fois par semaine, elle me demandait des nouvelles de l'exploitation, mais depuis que Fred était à la ferme, notre relation était moins fluide. Nous avions reçu quelques jours plus tôt un livre sur la fabrication de cordages et de textiles en fibres d'orties. La tige était le parent pauvre de notre production, il semblait intéressant de faire quelques recherches pour mieux la valoriser. Pourquoi ne pas proposer une animation sur le marché du samedi, avec vente à la clé de bracelets ou autres petits bijoux tressés ? Il y avait là un territoire à explorer, plus réaliste que les produits de beauté. Et plus dans nos cordes, avait écrit Anaïs sur la première page du manuel.

Au fait, ajoutait-elle en post-scriptum, j'ai coupé mes dreadlocks.

X

Simon me regarda d'un air embarrassé.

— Je dois aller acheter du ciment pour combler...

— Combler quoi ?

— Le trou, tu sais, dans l'arrière-cuisine, près du chauffe-eau, à l'emplacement du lavabo de maman.

Je ne comprenais pas pourquoi, soudain, Simon éprouvait le besoin de reboucher ce trou, un dimanche matin, mais je me gardai bien de l'en dissuader. C'était le genre de bricolage qui traînait depuis des mois sur la *To do list* inaugurée par Anaïs. Ce trou dans le mur représentait à lui seul toutes ces choses à réparer, changer, colmater dans la ferme ou, au contraire, à ouvrir, démonter, faire disparaître. Toutes ces choses qui clochaient. Il me rappelait aussi (ce trou) le soir où, pris d'une énergie soudaine, Simon avait décidé de se débarrasser du lavabo dit *lavabo de maman* – ce lavabo où ma belle-mère, jusqu'à la veille de son accident de voiture, mettait à tremper ses sous-vêtements. On pouvait aussi bien se laver les mains dans l'évier de la cuisine, avait déclaré Simon, et sans même attendre ma réponse, sans même prendre la peine de dévisser les équerres, il avait glissé un pied de biche sous le métal. Le lavabo avait cédé d'un coup, emportant avec lui un morceau de mur. Je m'étais demandé quel souvenir d'enfance était associé à cet objet pour que Simon l'ait ainsi arraché, lui d'ordinaire si méticuleux. Était-ce à cause des petites lessives de sa maman ? Était-ce le souvenir du linge trempant dans l'eau savonneuse qu'il voulait effacer de sa mémoire, ou celui de la peine provoquée par sa disparition précoce ? Et voilà que, deux ans plus tard, il était saisi d'un besoin pressant de colmater le trou. Je voyais ça comme une avancée, une sorte de réparation dans son lien avec ses parents. Pour montrer que je comprenais l'importance symbolique de son geste, je lui proposai de démonter le support métallique du savon jaune en forme de citron qui était, depuis le temps, resté en place au-dessus du lavabo fantôme. Il approuva. Cinq minutes plus tard, j'avais pulvérisé du dégrippant sur les vis. Simon n'était toujours pas parti. J'allai voir ce qu'il fabriquait dans l'entrée. Il ne retrouvait pas les clés de la camionnette, fouillait ses poches, où avait-il pu les laisser ? Elles étaient sous son nez, accrochées à côté de la patère.

Je regardai ma montre : il devait se dépêcher, le magasin de bricolage allait fermer. Je regagnai la cuisine et entrepris de préparer un gâteau avec les dernières pommes de la saison précédente. Elles sentaient la longue traversée de l'hiver, leur peau fripée refusait le couteau. J'aurais aimé que Fred vienne m'aider, mais je n'osais pas la déranger. Elle était dans sa chambre, comme tous les dimanches. Nous avions passé une semaine étrange, nous gardions nos distances, nous marchions sur des œufs. Ce baiser de velours, ce baiser si tendre, si joyeux, ce baiser nous avait séparées.

*

Simon revint à la ferme les mains vides. Il n'avait pas trouvé de ciment. Le magasin était ouvert, le produit n'était pas en rupture de stock, non. Je devinai un sourire sur ses lèvres étroites.

— Qu'est-ce qu'il y a, qu'est-ce que tu me caches ?

— Je n'ai pas trouvé ce que je cherchais, avoua Simon, parce que je ne l'ai pas cherché.

— Qu'est-ce que tu racontes ?

— Je ne l'ai pas cherché, mais j'ai trouvé quelqu'un qui attendait devant la gare, tu sais, près de l'hôtel. Je me suis dit que nous pourrions l'inviter à déjeuner.

— Quelqu'un ?

Simon tapa trois fois dans ses mains. Comme par magie, un gros bouquet de lilas apparut dans la cuisine. Et derrière le bouquet se tenait

Anaïs avec ses cheveux courts. Elle avait téléphoné la veille à son père, annonçant sa venue pour la fête des Mères. Elle me donna les fleurs puis tira de la poche de son blouson un paquet de la taille d'un livre.

— C'est moi qui l'ai fait, dit-elle fièrement.

Je la remerciai, j'étais très émue de penser qu'Anaïs avait parcouru tout ce chemin pour nous voir. Un petit coup de langue, elle redressa le piercing qui trônait au-dessus de sa lèvre supérieure, dans le creux. Sa nouvelle coupe de cheveux lui allait bien. Le paquet était souple et léger, l'objet devait être entouré de papier de soie. Qu'est-ce que ça pouvait bien être ?

— Un collier de nouilles ?

— Non...

— Un bracelet de coquillettes ?

— Non...

Simon insista pour que j'ouvre mon cadeau avant le déjeuner. Il était aussi curieux que moi. Je ne compris pas tout de suite de quoi il s'agissait. Il y avait bien du papier de soie autour, mais à la place du bijou que j'avais imaginé s'étalait un morceau de textile rugueux d'une couleur indéfinissable.

— C'est un gant pour enlever les peaux mortes, expliqua Anaïs. J'ai trouvé le modèle dans le livre. La ganse est en coton, mais tout le reste c'est de la fibre d'orties.

Noé, qui était descendu de sa chambre, enfila le gant et se frotta le bras. Je remarquai que ses poils avaient poussé.

— C'est toi qui l'as fabriqué ? demanda-t-il.

Anaïs prit son frère par les épaules et le secoua.

— Et toi, dit-elle, tu as fabriqué quoi pour ta maman chérie ?

Noé se redressa. J'ai fabriqué ça, dit-il en bougeant le bassin et les bras d'une drôle de manière. J'ai fabriqué une danse. La danse des mères. La danse des mamans. Attends, je vais chercher la musique qui va avec.

*

Fred était toujours au premier, j'aurais aimé qu'elle nous voie tous les quatre en train de répéter la chorégraphie inventée par Noé. Après quelques pas chassés, un tour et des petits sauts, il fallait marcher sur place en avançant et en reculant le menton à la façon des poules.

Puis, les deux mains à plat, envoyer des baisers à toutes les mamans du monde.

Entre les pas chassés et le lancer de baisers, les mouvements de hanches étaient difficiles à imiter, mais ils paraissaient simples et malicieux quand on regardait le corps de Noé. Comment avais-je pu donner naissance à un garçon si petit, si gracieux, si fluide ? La musique était entraînante, nos rires contagieux, ce n'était pas possible que Frederica ne nous entende pas. Pourtant, rien ne bougeait à l'étage.

Et ça recommençait, le refrain de la fuite, comme un leitmotiv : et si Fred n'était pas dans la chambre ? Si elle avait profité du moment où j'étais dans l'arrière-cuisine pour s'en aller ?

À cette idée, ma gorge se serra, et toute la joie de voir ma famille réunie dans une danse en mon honneur se retrouva coincée entre ma poitrine et mon ventre, comme si quelqu'un avait versé une louche de pâte à crêpe bien épaisse sur mon diaphragme. J'étais une poêle brûlante. Mes pieds collaient aux tomettes. Je revoyais le porte-savon et ses vis rouillées qui gisaient par terre sur un bout de journal. Nous n'étions pas à la hauteur de cette fille. Même rebouché, le trou sauterait aux yeux. Ça cloquerait comme un secret mal gardé. De l'humidité remonterait par les tuyaux du lavabo. Remugle. Relent d'égout. Je voulus faire bonne figure, continuant à danser comme si de rien n'était, c'était ma fête tout de même, rien ni personne ne m'empêcherait d'en profiter, mais je fus obligée de m'arrêter. J'avais la tête qui tournait. L'odeur des lilas, la chaleur, la peur, et cette nouvelle question qui encombrait mon esprit : si Fred était encore là, où allait dormir Anaïs ?

Noé baissa la musique, et c'est lui le premier qui s'inquiéta de l'absence de la woofeuse. Ma voix dut sonner faux lorsque je lui répondis qu'elle se reposait dans sa chambre (*la chambre d'Anaïs*, corrigea Noé, comme s'il avait lu dans mes pensées). Elle ne voulait pas nous déranger, pour une fois que la famille était réunie. Elle attendait sans doute que quelqu'un vienne la chercher. Simon se porta volontaire, je regrettai de ne pas l'avoir devancé – alors tout s'accélère, le rythme de mon cœur, ses pas dans l'escalier, le poing de Simon sur le bois, il appelle... Pas de réaction. Mes craintes se confirment. Je prends le gant et le teste sur ma jambe. Je dois appuyer trop fort car la peau devient écarlate. Quelques fibres d'orties se détachent. Je n'ai pas mal, je continue à frotter. J'ai l'impression d'être sous anesthésie, rien ne peut m'atteindre. Je dois me rendre à l'évidence : Anaïs, ce soir, dormira dans sa chambre. Fred n'est ni avec Bernard, ou Gérard, Dieu sait comment s'appelle le mari de Marie-Claire, ni avec Balthazar, encore moins avec Melchior : elle est loin, dans un train, ou sur la route, pouce levé. Je ne la reverrai plus. J'aurai beau chercher sur la Toile, je ne la retrouverai pas. Sa fiche aura disparu du site des woofeurs. Sa photo de dos ? Volatilisée.

— J'y vais ! lança Anaïs d'un ton décidé. À moi, elle ouvrira.

Je montai l'escalier à sa suite. La porte pivota sur ses gonds. Fred était allongée sous la couette, les épaules nues, les yeux fermés, un casque sur les oreilles.

— Tu vas dormir où ? demanda Noé en regardant sa sœur. Tu peux t'installer dans ma chambre si tu veux.

— Ta chambre à toi ? Quel honneur !

Anaïs le remercia pour son hospitalité, mais elle était obligée de repartir en fin de journée, elle avait cours le lendemain.

*

Ce que Fred avait avalé pour dormir aussi profondément, personne ne le saura jamais. Elle m'assura qu'elle n'avait pas besoin de substance particulière, juste des sons dans son casque et pouf ! Sa nuit repartait jusqu'à la mi-journée. Depuis toute petite, elle avait cette capacité à s'abstraire quand il le fallait. Un soir, elle s'était endormie à table, droite sur sa chaise, pendant que ses parents se disputaient. Elle avait perdu le fil au moment où sa mère avait traité son père de négro. Il l'avait à son tour traitée de blondasse. C'était bien vu, commenta Fred, ouvrant une parenthèse dans ses souvenirs, ma mère était très blonde avec des yeux clairs, de la même couleur que les miens. Il faudra que je te montre une photo. Très tordue, ma mère, mais rien à dire : très belle. Le lendemain, elle a annoncé qu'elle le quittait, et c'est lui qui a dû partir. Je n'ai pas dormi cette fois. Ils criaient trop fort. J'avais six ans.

Quand Fred parlait de ses parents, je comprenais pourquoi nous nous entendions si bien. Nous portions la même histoire, celle de ces enfants qu'on a laissés pleurer et dont le cuir ne s'est pas endurci. Peut-être était-ce cette violence qui nous liait, plus encore que la douceur du baiser que nous avions échangé. Dans ma famille, l'amour était là pourtant, il était la base et le couvercle, le motif et la conclusion. C'était par amour que mon père s'emportait, parce que ma mère avait regardé quelqu'un dans la rue avec insistance, ou parce qu'elle était en retard après un rendez-vous avec une amie. Un soir, une assiette était passée trop près de ma tête, j'avais fini aux urgences. Dans la voiture, ma mère m'avait fait promettre de garder la dispute pour moi. L'assiette était tombée… d'une étagère, voilà, j'étais assise sous l'étagère, ou plutôt à côté de l'étagère et elle avait glissé. L'assiette, pas l'étagère. Ou, mieux encore, l'étagère s'était décrochée du mur et l'assiette s'était retrouvée sur ma tête. Ou un mug. Tu diras que tu as reçu un mug sur le crâne.

À force de parler, nous étions arrivés à l'hôpital. Mes parents se faisaient des câlins dans le hall. J'avais honte d'être avec eux, je m'étais assise à l'autre bout du couloir qui servait de salle d'attente. Bol, mug, assiette, je ne sais plus exactement ce que j'avais dit à l'interne qui nous avait reçus, mais tout s'était déroulé selon le scénario prévu par mes parents. Le lendemain, un cadeau m'attendait sur mon lit.

*

Après le déjeuner, Anaïs proposa à Frederica une balade en forêt. Les deux filles se tournèrent vers moi, cherchant mon approbation. Nous avions prévu avec Fred de faire le ménage dans la caravane, mais je lui assurai que je me débrouillerais très bien toute seule, j'avais l'habitude. Qu'elle aille prendre l'air, je n'avais pas besoin d'aide, dis-je en nouant mon tablier. Je regrettai aussitôt mes paroles. Anaïs était venue passer la journée à la ferme, et je ne trouvais rien de mieux que de l'envoyer se promener avec Fred. Il aurait suffi que je coure derrière elles, que je leur demande de m'attendre cinq minutes, le temps que je change de chaussures. Simon me tendit la bouteille de vinaigre blanc. Il me rappela qu'il fallait bien rincer, à cause des joints, et me souhaita bon courage.

Mon désir d'accompagner les filles retomba d'un coup. Fred avait envie de se promener avec Anaïs, c'était de son âge. Si elle avait voulu rester avec moi, elle serait venue m'aider. Je devais serrer les dents et arrêter, comme disait ma belle-mère, de me monter le bourrichon. Je mis des chiffons dans un seau, avec le vinaigre, le bicarbonate, la serpillière et l'éponge, la raclette pour les vitres et le transistor que nous avions offert au beau-père avant l'accident. Il aimait écouter de la grande musique sur son tracteur. Quand un air lui plaisait, il coupait le moteur. Il fallait le voir, immobile au milieu d'un champ, les yeux mi-clos, marquant le tempo de la tête. C'était pour des moments comme ça que j'aimais le père de Simon.

*

Je posai mon seau sur les marches. Dans une heure, deux tout au plus, la caravane serait prête à accueillir Fred, si Anaïs devait récupérer sa chambre lors d'un prochain séjour. Ou héberger une nouvelle woofeuse. Simon avait repéré une candidate qui lui plaisait, disponible à partir du mois d'août. Izabel Rumí désirait perfectionner son français. Elle n'était pas particulièrement intéressée par la culture de l'ortie, mais qui est *particulièrement* intéressé par la culture de l'ortie ? Izabel apprécierait l'ambiance familiale. Nous ressortirions les livres de grammaire et les dictionnaires illustrés. Izabel Rumí avait l'air solide, si tout se passait comme prévu on aurait le temps d'ouvrir avec elle les premières tranchées, les voisins seraient contents. Il faudrait que je lui trouve des gants de bonne qualité et un calot à sa taille si je voulais qu'elle m'assiste en cuisine. Pendant ses heures de loisir, elle installerait sous le platane un salon de jardin en palettes recyclées. Izabel s'entendrait bien avec Noé, si Noé était encore avec nous – la demande d'internat était partie, on attendait la réponse. J'espérais en secret qu'aucune place ne se libérerait. Izabel Rumí serait une fille sympathique, me répétais-je en finissant le ménage de la caravane. Sa bouche n'aurait rien de particulier, ses lèvres ne seraient ni répugnantes ni appétissantes, ce ne seraient pas des lèvres à embrasser, voilà tout. Des lèvres pour manger, sourire, faire la moue, articuler et bayer aux corneilles : c'était déjà beaucoup. Le soir, en se brossant les dents, elle se regarderait dans le petit miroir accroché au-dessus de l'évier de la caravane, le petit miroir que j'étais justement en train de nettoyer. Tout était propre, les draps tirés, le frigo prêt à reprendre du service. Je passais l'espace en revue quand un bruit me fit sursauter. Je baissai le son de la radio. Quelqu'un frappait au carreau.

*

— Je peux visiter ? demanda Fred.

Le sol était encore humide. Elle enleva ses chaussures pour ne pas salir. Les rideaux lui plaisaient, elle me demanda en les tirant si c'était moi qui avais choisi le tissu. Des carrés et des triangles de couleur se détachaient sur un fond orange. Nous avions acheté la caravane à la mère de l'ancien boulanger, c'était elle sans doute qui avait cousu les rideaux assortis aux coussins de la banquette. Fred ouvrait les placards, les refermait. Je lui montrai comment replier la table afin de déplier le lit. Fred sembla intéressée par le côté mécanique de la chose, le système était ingénieux, elle se pencha vers moi pour vérifier que la table était bien fixée à la carrosserie. Sous mon tablier, je ne portais qu'une robe en coton léger, assez large pour ne pas encombrer. La lumière tamisée nous donnait, à l'une comme à l'autre, un teint abricot. Nous étions égales en désir. La personne que Frederica aimait, celle dont elle rêvait le soir, cette personne, c'était moi. Elle le dit et le répéta. Il fallait que je la croie.

Je la crus, cette fois, je voulus la croire, et ce fut comme si soudain je changeais de corps. Celle qui sortirait de la caravane me ressemblerait, elle porterait le même nom que moi, les mêmes vêtements, mais le reste, tout le reste qui marcherait d'un bon pas vers la maison en nouant son tablier, tout le reste serait différent.

XI

OVALES

C'est le mot qui m'était venu à l'esprit quand Fred s'était postée derrière moi, le jour du retour de la chasse, et que, me reculant, je les avais sentis dans mon dos. Ou plutôt non, deux fois le mot, au singulier, à hauteur d'omoplates.

OVALE   OVALE

Tous ceux qui ont eu la chance de les voir, hommes, femmes, enfants, devaient avoir ressenti l'envie, comme moi, d'éprouver leur souplesse et leur fermeté. Ce n'était pas seulement une question de beauté ni de charme, mais une sorte d'attirance enfantine pour le rebondi. Une histoire de gravité qui faisait monter l'eau à la bouche. D'élasticité. Un défi à la pesanteur.

Ovales. Plantés là entre bras et bras, autoportés, sous la soie d'une peau caramel. En retrouvant Fred dans la caravane quelques semaines plus tard, j'imagine cette injonction gourmande : Avale ! Avale !

Je suis là avec mon éponge mouillée, émue et ne sachant où mettre les yeux. Envie de poser les lèvres sur ses seins. Gentiment d'appuyer. De passer ma langue autour du téton pour le sentir se rétracter. Avale, avale ! Le saisir entre mes lèvres, l'aspirer à travers le tissu, mais je n'en fais rien, j'attends. Fred s'approche de moi, elle est trop près – Je peux, dit-elle, tu veux bien ?

Fred m'embrasse très doucement, très longtemps. Je serre l'éponge entre mes doigts, quelques gouttes d'eau tombent sur ses pieds. Elle sursaute, comme si un insecte l'avait piquée, puis elle sourit quand elle comprend ce qui s'est passé. Elle m'enlève l'éponge des mains et va la mettre sur le petit évier, un coup d'œil dans le miroir – elle revient vers moi. Ses yeux sont trop brillants, j'esquive son regard, il m'intimide. Ses baisers sur mes joues, mon cou, ma poitrine. Son souffle entre mes cuisses, par-dessus le tissu. Elle m'entraîne sur la banquette étroite, cale un coussin sous ses hanches. Elle me guide, m'encourage, je n'ai pas envie de décrire la scène, pas envie d'y ajouter des mots, je veux garder tout ça pour moi, tout ça entre le moment où elle a mis le coussin et celui où elle prend ma tête et lui imprime le rythme qui la mène au plaisir.

Elle prononce mon nom et soudain se cabre. Je veux l'embrasser encore sur la bouche, mais elle me repousse et m'entraîne à ses côtés, nous sommes serrées, serrées. Je ne la laisse pas me donner du plaisir, juste glisser sa jambe entre mes jambes, sans bouger. Je n'ai pas envie d'aller plus loin, pas le courage en vérité de lui montrer mon sexe, ses lèvres recousues à la va-vite pendant les accouchements. Elle semble un peu déçue, mais n'insiste pas. Je n'ai pas besoin de me justifier. Aucune question n'est posée, elle m'accepte comme je suis et c'est si naturel, finalement, si respectueux que j'ai envie de la remercier.

La remercier de quoi? De m'écouter? De ne pas s'appesantir?

— Tu es belle, murmure-t-elle. Tu ressembles à un tableau.

— Un tableau de qui?

Fred hausse les épaules.

— Tu ne vas pas connaître. Françoise Pétrovitch, j'ai une carte postale, je te la montrerai. Le modèle a un grain de beauté sur le menton, comme le tien. Et une corde à sauter dans les mains. Sauf que toi tu n'as pas de corde à sauter, ou alors tu la portes à l'intérieur.

Frederica me caresse les cheveux. Le silence s'empare de nous, et c'est comme si je revenais dans mon corps quand d'une voix douce elle prononce mon nom.

— Nora?

— Oui...

— Est-ce que tu regardes Simon avec ce même air grave quand vous faites l'amour?

Pourquoi me parle-t-elle de Simon ? Je me relève, un bras en travers de mon buste pour tenir ma poitrine. Anaïs doit se demander pourquoi je mets tout ce temps à nettoyer la caravane. Elle m'attend, elle va bientôt repartir. Pour répondre à la question de Fred, non, je ne regarde pas Simon avec gravité quand nous faisons l'amour. Avec lui, je ferme toujours les yeux.

*

Le soir même dans les bras de Simon, je ferme les yeux.

Ce n'est pas son sexe qui me pénètre, mais une émotion très vive portée par le souvenir de Frederica. Agenouillée au-dessus de lui, mon ventre allant, venant, ce ventre qui a porté nos deux enfants, je me revois avec Fred dans la caravane. Carrés, triangles, les couleurs des rideaux flottent derrière mes paupières. Je les ouvre soudain : Simon me dévisage. Tu es belle, dit-il, de plus en plus belle. Je pense : deux fois dans la même journée, quelle chance, et je sens monter la jouissance de Simon. Sa respiration s'accélère, je suis ailleurs. Quand tout se calme, les mots tournent encore dans ma tête, ce qu'elle m'a dit, ce qu'elle m'a fait, ce que je lui ai fait, ce que nous n'aurions pas dû faire et toujours les triangles, les carrés, les couleurs et la douceur de sa peau. Je ne dors pas de la nuit, impossible d'arrêter le flot de mes pensées.

Le lendemain, je descends plus tôt que les autres jours à la cuisine pour préparer le repas de Noé – il ne mangera pas à la cantine aujourd'hui. Fred est déjà levée, elle a rendu visite à la corneille, rangé la vaisselle, balayé, je la trouve dans l'arrière-cuisine debout sur une chaise en train de frotter les carreaux avec du papier journal. Elle porte ses cheveux tirés en arrière, son foulard en guise de turban.

— Tiens, salut ! dit-elle.

À qui s'adresse-t-elle ? Je me retourne, Noé n'est pas là. Ni Simon. C'est à moi que Fred parle ainsi, *Tiens, salut !* comme si rien ne s'était passé entre nous. Je dois faire une drôle de tête. Fred descend de la chaise d'un bond léger.

— Ils étaient vraiment très sales, ces carreaux, à croire que personne dans cette maison n'a envie de voir à travers.

Elle s'approche de moi, pose l'index sur mon grain de beauté et presse en tournant, comme si elle voulait ouvrir la porte de mon visage.

— Je l'aime, celui-là, dit-elle encore, avec cette même voix basse qu'elle avait prise pour me demander, dans la caravane, si je voulais bien.

De la journée, nous ne nous quittons pas.

*

Pourquoi ne lui ai-je pas dit ? Cette information aurait sans doute changé son regard. Ce grain de beauté, qui semblait tant émouvoir Frederica, était la réincarnation de ma belle-mère. Il était apparu le lendemain de ses funérailles. Il faisait un temps radieux, personne ne s'y attendait. Les hommages autour du cercueil avaient duré longtemps, la mère de Simon en avait profité pour trouver une place sur mon visage. À l'enterrement de son mari, deux semaines plus tôt, on avait moins parlé. Il pleuvait à torrent. Simon portait son costume et, par-dessus, un pardessus si bien nommé. Trop petit. Emprunté. J'avais insisté pour qu'il garde sa parka, mais Anaïs du haut de ses dix ans avait tranché : ça ne se faisait pas d'aller à l'enterrement de son père en parka. Je revois Simon serrant les mains des chasseurs, la manche de son bras droit tirant au niveau du coude. Nous avions partagé *une petite collation* après la cérémonie, tout le monde avait beaucoup bu. Simon était devenu subitement loquace au sujet de son père. Enfant, il passait son temps sur ses genoux, racontait-il, sur ses épaules, dans ses jambes, et moi je savais que s'il avait pu, il serait resté dormir avec lui. Il avait vécu trop longtemps dans cet amour sans faille pour que ça se termine bien. Un jour sa mère le traita de pot de colle devant ses amis. La honte le submergea. Il en voulut à son père de lui avoir inspiré des sentiments aussi intenses. Du jour au lendemain, il ne se laissa plus toucher, ni même approcher. Sans explication.

*

La corneille se traîne, nous nous inquiétons pour elle. J'ai demandé à Simon où je pouvais trouver des vers de farine, je veux faire la surprise à Frederica, il me promet d'en rapporter du magasin de pêche. L'oiseau apprécie le geste. Il se jette sur son assiette, ingurgitant à petits coups de bec la masse frétillante. Finalement, on n'a pas congelé ni écrasé les têtes, et ça passe. Fred me prend dans ses bras, voir la corneille manger lui ouvre l'appétit, mais elle s'écarte soudain et regarde la paume de sa main, comme si elle s'était coupée en m'enlaçant.

— J'ai une écharde, explique-t-elle, je n'arrive pas à l'enlever.

Un peu de sang séché sur le renflement au bas du pouce forme une croûte en forme de cœur. Je colle mes lèvres et fais ventouse. Sous la langue, je sens l'écharde qui accroche comme le saphir d'un tourne-disque accroche le doigt. Fred veut retirer sa main, je lui dis de rester tranquille, et c'est là que le souvenir revient. J'ai douze ans, peut-être treize. Je suis chez Solange, ma meilleure amie de l'époque. Je me revois posant le bras de la platine sur un vinyle tiré de la collection de ses parents. Un craquement sec, deux tours, trois tours, la musique s'élève. Avant de m'allonger près de Solange j'enlève mes chaussures. Son regard tombe sur mes chaussettes. Celle de droite est raccommodée avec une laine plus claire que la couleur initiale. J'ai honte d'avoir des chaussettes reprisées. J'aurais préféré avoir des trous (du genre à l'aise, qui ne s'embarrasse pas avec les conventions), mais ma mère tient à signaler par ce genre d'attentions, les reprises, l'argent de poche, les cadeaux onéreux et parfaitement inutiles, qu'elle se soucie de moi. Tous les marqueurs de l'amour sont en place, ne manque plus que l'amour lui-même.

Je raconte tout ça à Fred en tenant sa main. Elle me demande si Solange avait parlé du raccommodage. Je ne sais plus. J'ai oublié. Probablement pas, je m'en souviendrais.

Pour enlever l'écharde, la bouche ne suffit pas. Dans la salle de bains, sous la lumière crue, je vois clairement sa tête noire. Elle me nargue. Je respire profondément et, fermant la pince à épiler sur l'aiguille de bois, tire d'un geste lent et régulier. Le soulagement est immédiat, comme quand Fred avait enlevé le plomb du corps de la corneille.

*

Fred m'entoure de sa tendresse. Dès que Simon a le dos tourné, elle s'approche de moi. Je ne me sens pas capable de mener une vie parallèle. Pas capable, mais les jours passant, pas vraiment coupable non plus et décidément incapable d'y renoncer, alors je m'invente des histoires. Avoir une relation avec une femme ne compte pas, ou ne compte qu'à moitié. Si malgré nos précautions Simon l'apprend, il ne sera pas jaloux, au contraire. L'idée l'excitera. Fred ne sera pas considérée comme une rivale, mais comme une complice, c'est ce que j'invente pour me rassurer. Et puis comment le saurait-il ? Le Palais est assez grand pour nous trois, nous quatre avec Noé, et Fred d'une discrétion absolue. Elle ne laisse rien paraître en présence des autres, mais profite de tous les moments d'intimité pour m'envoyer des signes de complicité. Quand elle parle pendant les repas, je regarde ses lèvres bouger. Mon sexe se contracte, et j'ai l'impression que je pourrais jouir comme ça, à table, juste en regardant sa bouche. Quand je pense à l'attention que Simon doit m'accorder pour obtenir le même résultat, je me dis que la vie est mal faite. Un soir, je me lève entre le plat et le dessert sous prétexte d'aller fermer la fenêtre de notre chambre. Quand je redescends, jambes tremblantes, la table est silencieuse. Noé joue avec son couteau. Fred sirote son verre d'eau à petites gorgées, cela fait du bruit au niveau de la glotte. Simon ramasse les miettes de pain tombées autour de son assiette, les *miots* comme son père les appelait.

— Qu'est-ce que tu es allée chercher là-haut ?

— Je suis allée fermer la fenêtre, je l'ai dit, non ?

— Oui, tu l'as dit. Mais il me semble bien qu'elle était déjà fermée.

Noé bâille, un long, très long bâillement sonore qui fait rire tout le monde et balaie la question. Simon regarde Fred en haussant les sourcils : On va décharger le camion ?

Fred est partante, déjà elle replie sa serviette.

— Et le dessert ? proteste Noé.

— Chacun ses priorités. Nous, on va décharger.

Simon se doute-t-il de quelque chose ? Pourquoi répète-t-il ce verbe, décharger, et au passage, est-ce qu'on peut dire qu'une femme décharge quand elle fait l'amour ?

*

J'ai de sérieuses lacunes question anatomie. Question vocabulaire aussi, surtout lorsqu'il s'agit d'évoquer – non, pas d'évoquer –, de dire le plaisir féminin. Pour la mouille, par exemple, les sécrétions vaginales, faut-il vraiment employer le mot *cyprine* ? J'ai cherché dans le dictionnaire et n'ai trouvé que ce terme qui désigne aussi, ce qui donne moyennement envie de l'utiliser, un mollusque à coquille ventrue, *Arctica islandica,* ou praire d'Islande. Si tout ce qui se conçoit bien s'énonce clairement, que faut-il en déduire ? Que le plaisir féminin est inconcevable ? Clairement inconcevable ? Une menace, voilà ce que j'avais pensé ce jour-là, le jour où Fred et Simon étaient partis décharger le camion. Je m'étais levée pour débarrasser la table, mais Noé s'était mis en travers de mon chemin. Il m'avait obligée à me rasseoir, c'était lui qui allait me servir pour une fois. Une coupelle atterrit devant moi, puis deux grosses boules de glace avec des morceaux de noisette. Noé lèche la cuillère. Il faut que tu manges, maman, même papa l'a dit. Si tu continues à maigrir comme ça, tu vas disparaître entre les lames du plancher.

Un instant j'imagine mon corps retenu à hauteur de sol par mes seins, comme des flotteurs à la surface de l'eau. Mes jambes gigotent à l'étage en dessous, j'ai beau pousser sur mes bras, je n'arrive pas à me décoincer, je n'ai jamais été très bonne en rétablissements. Ai-je tant maigri que ça ? Que Noé en ait parlé avec son père me trouble. Il est vrai que depuis l'arrivée de Fred, la nourriture m'ennuie. Je mâche longuement la même bouchée et au moment d'avaler, je n'ai qu'une envie : la recracher. Je mets ça sur le compte de la chaleur. Cette année-là en effet, l'année de Frederica, il fait très chaud, mais je n'étouffe pas. Je brûle.

Je me brûle, littéralement, le lundi suivant en renversant une bassine de soupe aux orties. Fred a glissé la main par surprise sous mon tablier, je me retourne, provoquant au passage la chute du récipient. Alerté par le bruit, Simon arrive dans la cuisine. Il reste quelques secondes debout près du frigo, fasciné par l'avancée inéluctable de la substance verte sur la paillasse blanche, remarque quelques morceaux de tiges rescapés du mixeur et en conclut qu'il faut aiguiser les lames, puis enfin il comprend : je me suis brûlée au niveau des cuisses, alors il panique, marche là où il ne faut pas. Lui si précautionneux d'ordinaire laisse ses traces dans l'escalier, dans le couloir, dans la salle de bains, pour revenir avec la boîte à pharmacie. Fred a disparu, elle est partie chercher la serpillière. Elle s'en veut d'avoir fait le geste qui a provoqué l'accident. Le soir, son visage est fermé et je dois la rassurer, lui répéter que ce n'est rien, que ça va vite cicatriser et que ce ne sont pas dix litres de soupe qui mettront l'entreprise en péril. Mais au fond je sais bien ce qui la trouble : la brûlure nous sépare. Elle sonne comme un avertissement.

Anaïs prend régulièrement de mes nouvelles, elle insiste pour qu'on enlève le tulle gras et qu'on laisse les cloques respirer, aussi je me promène en short, les jambes à l'air. Il ne me manque plus que le blouson en jean pour être habillée comme Frederica. Le conseil d'Anaïs porte ses fruits : en moins d'une semaine la peau est réparée. Et ton copain ? Ça va bien. Tes études ? Ça va, ça va. Je sens qu'elle rame un peu. Anaïs doit rédiger un exposé sur les réglementations concernant un produit alimentaire de son choix. Noé lui trouve le titre et le sujet : *Pas de quota pour les orties.*

— Et tant qu'à faire, tu devrais écrire un polar en milieu rural, dit-il à sa sœur. Succès assuré.

— Pourquoi tu dis ça ?

— Parce que tu as beaucoup de choses à raconter au sujet de la ferme.

— Mais Noé, on n'écrit pas avec des choses à raconter...

— Avec quoi alors ?

Anaïs marque une pause. Avec la langue, répond-elle enfin. Et comme son petit frère a l'air de douter, elle n'insiste pas et le félicite pour son titre. *Pas de quota pour les orties*, ça en jette. Elle imagine une histoire de vengeance impitoyable avec, en guise de bouquet final, une scène atroce de noyade dans la fosse à purin.

*

Il n'était pas question que je m'épile ou que je me rase, Simon aurait trouvé ça louche, aussi la deuxième fois que nous nous étions retrouvées dans la caravane, malgré ce désir qui me tenait au ventre, j'étais restée habillée. Quand Fred m'avait demandé les raisons de ma pudeur, j'aurais pu prétexter que j'avais peur à cause de la brûlure, mais je ne le fis pas. J'avais décidé de lui dire la vérité, ou ce que je croyais être la vérité. Je lui répondis que je n'aimais pas les femmes. Il m'arrivait souvent de les trouver jolies, désirables, et elle plus jolie, plus désirable que toutes les autres, mais je me sentais gênée à l'idée d'aller plus loin.

— Pour quelqu'un qui n'aime pas les femmes, tu t'en tires bien. On dirait que tu as fait ça toute ta vie...

— J'ai fait comme pour moi.

— Je ne comprends pas...

— Quand j'étais avec toi, l'autre jour, j'ai fait ce que j'aimerais que Simon me fasse, ce n'est pas plus compliqué.

Frederica réfléchit. C'était simple, oui, elle avait bien compris, simple et évident.

— Et si, demanda-t-elle brusquement, si une fois, une seule fois, tu laissais Simon de côté ?

Sa réponse eut sur moi l'effet d'un coup de poing. Fred avait raison. Pour me rattraper, je saisis sa main et, doucement, la guidai entre mes jambes.

Je me revois une demi-heure plus tard en train de nouer mes lacets sur la troisième marche de la caravane. Fred prend son air mutin. La ronde des questions se poursuit, mais elles n'ont plus la même texture. Fred est de très bonne humeur.

— Est-ce que tu sais comment s'appelle le creux qui relie le nez et la bouche, là où Anaïs a un piercing ?

— Aucune idée.

— Le doigt de l'ange. Attends, j'en ai une autre. Est-ce que tu sais comment s'appelle la partie du corps qui se trouve entre l'anus et l'entrée du vagin ?

— Le ni-ni ?

— Sérieusement...

— Le périnée ? Non ? Ce n'est pas le périnée ?

— J'aimerais tellement avoir un bébé avec toi, dit soudain Fred. Tu imagines, un nouveau petit au Palais...

Son visage se métamorphose, comme le jour où elle avait enlevé son turban – le premier vendredi. Elle fixe un point au-delà de la rivière.

— Qu'est-ce que tu regardes comme ça ?

— Notre avenir.

*

L'avenir immédiat nous ramène à la terre. Les bébés, ce sera pour plus tard. Nous replongeons dans le travail. Les muscles contre le fer, la moiteur des chemises, les risques de blessure. Un nouveau chantier s'ouvre à nous : Simon a déclaré la guerre aux barbeuls.

— Les barbeuls, répète-t-il à l'adresse de Fred en articulant, tu sais ce que ça veut dire ?

Les questions ont changé de camp. Fred ne sait pas. Fred s'en fout. Elle est ailleurs.

— Les barbelés, traduit Noé.

— Ils ne servent plus à rien, explique Simon.

— Ils ne servent qu'à nous emmerder, souligne Noé.

Le père et le fils se congratulent, assez contents de leur numéro de duettiste. Ils sont sur la même longueur d'onde ces derniers temps, comme s'ils sentaient que la cellule familiale était en danger. Ils se tiennent les coudes. Depuis que les pâturages ont été convertis en terres cultivées, il n'est plus nécessaire de clôturer les champs. Les orties n'ont besoin de rien d'autre qu'elles-mêmes pour se protéger, et si elles s'échappent parfois, lançant leurs racines à l'assaut des terrains mitoyens, ce n'est pas une barrière, aussi menaçante soit-elle, qui les empêchera de voyager. Pour conquérir le monde, l'ortie rampe sous terre. Elle ne fait pas de bruit. Dire que les plantes sont immobiles est une ineptie. La méconnaissance du monde végétal, dit Simon, rend à l'homme de bien mauvais services. C'est son nouveau cheval de bataille. À force de l'entendre développer ses idées sur la nature, Anaïs milite pour que nous transformions le Palais en ferme pédagogique où Simon pourrait partager sa vision d'un monde agricole à la fois productif et respectueux de l'équilibre des sols et des animaux, en toute connaissance de cause.

En toute connaissance de cause, Anaïs adore l'expression. Elle pense déjà à la page qu'elle va créer sur la Toile pour attirer les clients. Au début, nous pourrions prospecter en milieu scolaire. L'idée me laisse perplexe. Nous commençons à peine à dégager des bénéfices avec les orties, est-ce bien raisonnable de nous lancer dans une nouvelle activité ? Cultiver le chanvre, soit, on reste dans le même type de travail, mais planter des yourtes et des tipis pour abriter les pensionnaires, gérer tout ça, nourrir tout ça, et regarder combien on a d'étoiles sur le guide des vacances à la ferme, voilà qui ne m'enchante qu'à moitié. Noé lui aussi est réservé, mais pour une autre raison : il a peur qu'on prenne sa chambre. Son œil s'allume pourtant quand sa sœur lui suggère qu'il pourrait faire des petits boulots pendant les vacances – des petits boulots rémunérés, s'entend, pas comme aujourd'hui. Noé aime bien l'argent. Il a toujours eu peur de manquer.

*

En faisant disparaître les barbelés, nous effaçons les dernières marques visibles du beau-père. On ne le dit pas : on le sent. D'année en année, la ferme s'est allégée des objets lui ayant appartenu. Les tableaux de chasse ont été décrochés, le sperme de taureau sorti du congélateur. Idem pour la graisse à traire et les bouteilles vides entassées dans la cave. Barbeuls et crampillons étaient sa dernière empreinte. Son dernier tampon sec, en trois dimensions. C'était lui, de ses propres mains, qui avait encerclé le domaine après le remembrement, alignant poteaux et jambes de force pour tisser une barrière hirsute autour de ses terres, sans perdre en épaisseur, disait-il fièrement, et à moindre coût. Des mètres et des mètres d'empêchements troués de portes cadenassées, un véritable labyrinthe que le beau-père avait érigé sans plan, à mesure que les bêtes arrivaient à la ferme.

Le temps est au beau fixe, nous voilà à pied d'œuvre. Après notre visite rituelle à la corneille, nous partons à l'attaque. La guerre se mène à la pince coupante, en pestant contre les picots, première rangée, deuxième rangée, troisième rangée et rangée du bas, enchâssée dans les ronces. Fred a un talent particulier pour les déterrer. J'ai plus de force qu'elle dans les mains, mais elle compense par une ténacité hors du commun. Sa présence est stimulante. Nous faisons la course. Simon reste étranger à nos petits jeux, il n'a pas besoin d'encouragements.

Il travaille sans ostentation, de manière rigoureuse, régulière, un brin maniaque. Ce sera, trois jours durant, sa corvée de printemps, pas totalement indispensable en vérité, mais dont l'accomplissement le remplira d'une joie sauvage, au même titre que tailler les haies ou, dans une moindre mesure, désherber l'allée de graviers (à ceci près que les barbeuls ne repoussent pas).

À chaque étape, chaque changement d'orientation des clôtures, nous mesurons le chemin accompli. Vingt, quarante-trois, cent trente-six mètres. Quand arrive la fin du troisième jour, ne reste plus aux alentours des champs que les poteaux de châtaigner sur lesquels se percheront bientôt buses et faucons crécerelles.

*

Fini les accrocs dans les vêtements, nous pouvons désormais emprunter les raccourcis sans avoir à nous contorsionner pour passer entre les fils. Le bras mort de la rivière et ses bouquets d'iris sont à portée de main, la caravane à moins de cinq minutes de la maison, plus besoin de faire le grand tour par le pont. Simon est fier d'avoir réussi à nous mobiliser autour de ce projet qui lui tient à cœur depuis si longtemps. Il a vu sa mère pisser le sang en se prenant le pied dans un fil dissimulé sous les herbes, cette image l'a poursuivi et le poursuit encore. Il se souvient d'elle disant en se tenant la jambe : Ce n'est rien, mon chéri, ce n'est rien, mais lui voyait bien que c'était quelque chose. La personne à qui il devait la vie, sa mère, sa maman, se vidait de son sang. Vingt ans plus tard, la voix de Simon tremble encore en racontant comment il avait couru à la maison pour prendre un torchon qu'il avait enroulé autour de la blessure. Très vite, le rouge était remonté, imbibant le coton. Son père appelé au secours avait désinfecté la plaie à l'alcool de prune. Un petit verre par la bouche pour se donner du courage, un autre directement sur la plaie.

Le troisième soir, donc, quand nous débouchons une bonne bouteille et trinquons à la paix retrouvée, on boit également à la revanche de l'enfant. La mère de Simon est vengée. La campagne a regagné sa douceur. L'espace, sa fluidité.

*

Des corps qui s'enlacent, des rideaux qui coulissent, la scène se répète de plus en plus souvent. Notre histoire fait son nid partout où nous passons, dans la caravane bien sûr et dans la grange quand nous allons nourrir la corneille, mais aussi dans la maison. Il n'est plus question de résister l'une à l'autre, et s'il y a résistance, c'est pour le plaisir. Aujourd'hui l'une est allongée et l'autre assise sur le bord du canapé pendant que Noé et Simon s'occupent des livraisons. Frederica aimerait tenter une expérience. Je n'aime pas trop l'idée d'être son cobaye, mais comment lui résister? Elle me caresse longuement, je suis censée me laisser faire, les bras croisés.

— J'ai dit croisés, les bras, tu préfères que je les attache?

Frederica reprend ses caresses et soudain, sans prévenir, plonge son index droit dans mon sexe, puis le gauche, et voilà que les deux doigts se frottent l'un contre l'autre, dos à dos, comme un grillon champêtre frotte ses élytres. Petites ailes dures qui provoquent grand bruit. Petites ailes qui font monter au ciel, le plaisir surgit par surprise, je retiens ma respiration. Je ne veux pas y aller, je veux que ça dure, que la sensation s'éternise. La jouissance me submerge, une jouissance profonde, bouleversante, comme je n'en ai jamais connu. Il me semble inouï qu'il n'y ait qu'un seul verbe et bien peu d'expressions pour désigner le sommet du plaisir, alors qu'il en existe plus de trente dans la vallée pour désigner la pluie. Il y a pourtant autant de différences entre un crachin et une averse qu'entre un orgasme et un autre orgasme. Il y a les jouissances rapides, les timorées, les explosives, et celles qui rebondissent, qui s'étirent pour soudain s'interrompre, comme si rien ne s'était passé. Celles qui mouillent et celles qui assèchent. Celles qui viennent des chevilles, des poignets, et celles qui arrivent par-derrière, en cascade.

Comme si elle devinait mes pensées, Fred me caresse doucement les fesses. Elle me dit :

J'aimerais que ça ne finisse jamais. Elle se corrige : Jamais ça ne finira. Il y aura toujours une place pour toi, là, près de mon cœur. Un nid pour toi, une lézarde, un creux qui t'attend. Elle m'aide à me rhabiller, comme si j'étais une petite fille, sa petite fille. Elle joue à la poupée avec moi. Je me sens molle et comblée. Sans que je m'en rende compte, Fred prend peu à peu le pouvoir sur mon corps. Elle soigne mes cheveux, les coiffe. Le lendemain, elle insiste. Anaïs a oublié son vernis noir dans la salle de bains, elle veut m'en mettre sur les ongles de pieds. Elle regarde de près, m'embrasse les orteils. Pas mal, non ? Elle est fière du résultat. Si un jour elle doit s'installer, elle pourra toujours devenir manucure.

— Parce qu'il t'arrive de penser à t'installer ?

Frederica hausse les épaules, petite moue. Se mordille la lèvre inférieure. Elle est belle, tellement belle et tellement désirable. Elle me fait du bien. Elle a toutes sortes d'attentions qui m'émeuvent, si elle savait. Elle prononce des phrases incroyables, que jamais je n'ai entendues de ma vie. Elle répète qu'elle sera toujours là pour moi. Que je n'aurai qu'à claquer des doigts pour qu'elle vienne à mon secours. Elle ne se plaint pas de ma maigreur, elle s'en fout de ça, elle se plaint juste des conséquences : les os de mon bassin lui font mal.

— Elles sont pointues, tes hanches ! me lance-t-elle en calant sa tête dans le creux de mon ventre. Il faudra les raboter pour la prochaine fois.

Depuis que Fred est arrivée, mon corps a changé, ma peau s'est adoucie, je me suis allégée, mes yeux sont plus grands, comme si j'avais de la fièvre. Je flotte dans mes vêtements, et Fred m'aime ainsi, elle aime voir ma structure, elle aime voir mes os. Quand elle prétend qu'ils lui font mal, qu'il faut que je les rabote, c'est pour rire évidemment. Je suis très bien comme je suis, l'apparence n'est qu'un détail, du moment que je suis en bonne santé, et je suis en bonne santé, elle ne voit pas pourquoi je devrais reprendre des kilos.

Je n'ai pas l'habitude qu'on s'intéresse à moi de façon aussi personnelle. À moi et à mon travail, oui, mais à moi tout court, à moi en tant que tel, c'est nouveau. Pour Fred, je suis la reine du Palais, le monde tourne autour de moi. Pour les autres, tous les autres en dehors de la famille, je reste en périphérie. Je suis la pièce rapportée que Simon, par bonheur, a trouvée sur son chemin. Un peu maigrelette, mais quels nichons ! *Y doit pas s'ennuyer le p'tit Toto.*

Le p'tit Toto ne s'ennuie pas, il est ailleurs lui aussi. Dans un monde parallèle. Je mets son éloignement sur le compte de ses retrouvailles avec son fils. Pendant plusieurs mois ces deux-là ont eu du mal à se parler, et c'est une joie de les voir de nouveau complices. Quand ils partent travailler ensemble, que je les regarde s'éloigner d'une démarche rapide, je comprends que ma place dans la famille a changé. Il est temps que je lâche du lest.

*

— Simon n'a pas remarqué la couleur de tes ongles de pieds, constate Fred d'un air réprobateur. Il abuse. On se décarcasse, et rien. Il ne fait plus attention à toi, voilà la vérité. Heureusement que je suis là pour te regarder. Pardon, *te r'cogner.*

Tous les jours, je me couche avant Simon, et me lève avant lui, comment aurait-il pu voir que mes ongles étaient vernis ? Ici, même l'été, on porte des chaussures fermées à cause des orties. La mauvaise foi de Fred m'arrache un sourire. Dès qu'elle peut dégommer Simon, elle le dégomme. Et moi, je le défends.

— Laisse Simon tranquille, ou je lui parle.

— Tu nous balances ?

— Non seulement je nous balance, mais je te mets tout sur le dos. Je dis que tu me fais du chantage. Que tu m'embrasses de force, que je n'en peux plus de tes assiduités. Virée illico.

Fred ricane. Elle aimerait bien voir la tête de Simon quand je lui apprendrai à quoi nous nous occupons au lieu de transformer les orties en produits comestibles. C'est devenu un petit jeu entre nous. Quand ce n'est pas Simon, c'est Noé que nous prenons en otage. Nous nous renvoyons la balle. Arrête ça tout de suite, sinon je raconte tout à ton fils !

— C'est quoi, tout ?

— L'amour en étoile, énumère Frederica en comptant sur ses doigts, l'amour en ciseaux, l'amour en cuillère. Mais aussi, ne m'interromps pas s'il te plaît : l'amour à la papa, l'amour à la russe, à la crème anglaise, à la crème fouettée, et à propos de fouet... Tu sais que les orties sont des stimulants très efficaces ?

Elle a lu que dans les Balkans, l'usage était d'offrir aux époux un bouquet d'orties fraîches, et la voilà qui me propose *un de ces jours*, je ne te dis pas aujourd'hui, ne fais pas cette tête Nora, *un de ces jours* d'en attacher une grappe au bout d'un bâton pour se caresser à distance.

— Huit mille terminaisons nerveuses sur moins d'un centimètre carré, ajoute Frederica en parlant de nos clitoris, contre six mille pour le pénis (pas de commentaires). Huit mille terminaisons, s'enthousiasme-t-elle, seize mille à nous deux, entièrement dédiées à l'amour ! Et plus tu les stimules, plus elles sont actives. Tu imagines ? Seize mille petites personnes dont la seule mission est de nous donner du plaisir.

Seize mille, je me demande si elle n'exagère pas un peu.

*

— Fred ?

— Oui...

— Je peux te poser une question ?

— Tu peux me poser toutes les questions du monde.

— Pourquoi tu es fâchée avec Noé ?

— Ah bon, je suis fâchée ?

Fred a l'air sincèrement surprise, et c'est peut-être ça qui rend les choses difficiles avec elle. Son air *tellement sincère.*

*

Nous sommes dans la camionnette, en route pour le marché. Pas le marché du village où nous vendons nos produits le premier samedi du mois, un autre, celui où nous allons parfois le vendredi, moins cher et mieux approvisionné. Fred remonte ses jambes, cale ses pieds sur le tableau de bord. Elle a enlevé ses chaussures, écarte les doigts de pieds, les referme, les écarte. Ses gros orteils rebiquent, le petit est collé contre son voisin. J'ai envie de les embrasser un par un. Le désir monte en moi, mon corps vibre au souvenir de sa main, à plat entre mes jambes et qui presse un peu.

À l'entrée de la halle, Fred achète une jupe noire avec des petites têtes de mort, comme sur le bidon des voisins.

— C'est mignon, non ?

— Mignon, tu me l'enlèves de la bouche.

Fred hausse les épaules. Elle veut aussi acheter des melons, ce n'est pas encore tout à fait la saison, pourtant les étals en regorgent. Ils sont de grosseurs et de provenances diverses, Fred les choisit bien tavelés, avec des nervures saillantes, ce sont les meilleurs, dit-elle. Je pense aux vergetures sur mes seins, à la façon qu'a Fred de les embrasser. Elle prend un melon, le soupèse et le porte à son nez. Le renifle. Du plat du pouce, elle explore la résistance de sa tige, son adhérence. Elle me regarde dans les yeux. Elle sait exactement ce qu'elle fait.

— Le détachement de la queue, murmure-t-elle, est signe de maturité.

Après quelques minutes d'exploration, Fred jette son dévolu sur deux spécimens qui ne payent pas de mine. Je tends un billet, Fred repousse ma main, c'est elle qui veut payer. Les melons atterrissent dans son sac à dos. On dirait qu'elle part en camping avec ses chaussures de marche et ses lunettes de soleil. Les gens l'observent à la dérobée. Fred aimante les regards comme elle attire l'affection des chats et des chiens. À ce propos, elle m'a juré que le premier jour, elle n'avait pas donné de gâteau à Cheese. Elle avait bien un paquet, oui, mais c'est elle qui l'avait fini. Je l'intimidais à un point, elle ne peut même pas me dire. Elle ne s'attendait pas du tout à tomber sur quelqu'un...

— Quelqu'un ?

— Quelqu'un qui pourrait me plaire, avoue Frederica. Quand tu as refusé que je t'aide à démonter les cagettes, ça m'a fait mal. Et puis tu m'as parlé avec une drôle de voix quand je suis redescendue après avoir pris ma douche. Je t'avais emprunté des barrettes, tu te souviens ?

— Je me souviens.

— Ça t'a embêtée que je prenne tes barrettes ?

— Pas du tout, qu'est-ce que tu vas inventer...

Pour se faire adopter, elle avait travaillé le plus possible, le mieux possible. Heureusement Noé était là, petit frère attentif et discret, ils s'étaient tout de suite bien entendus tous les deux. Alors fâchée contre lui ? Non, ce n'était pas aussi simple. Je voulais vraiment savoir ? Quand ils avaient joué à se bagarrer dans le jardin, Noé l'avait coincée par terre avec ses genoux, les mains plaquées au sol. Elle avait senti son sexe durcir contre elle. Un instant, elle avait eu la tentation de bouger le bassin, mine de rien, pour voir ce qui allait arriver. Et puis elle avait pensé à moi. Ça lui paraissait un peu compliqué.

— Un peu compliqué ? C'est tout ?

Elle avait préféré le planter là en lui glissant à l'oreille qu'il était adorable, mais qu'elle n'était pas intéressée.

*

Devant l'étal d'olives et de fruits secs, nous croisons Mme Delpech. Depuis qu'elle est à la retraite de la poste, Mme Delpech me tutoie. Celle qui ne m'aurait pas donné un paquet en instance sans que je lui présente ma pièce d'identité, alors qu'elle me connaissait évidemment comme elle connaissait Simon et toute la famille, Mme Delpech, donc, Mireille Delpech, a de l'affection pour moi. Elle voudrait que je m'investisse dans l'association des commerçants pour l'aider à organiser la fête patronale. Le grand désespoir de Mireille, raconte-t-on au village, c'est qu'elle a appelé son fils Michel, comme le chanteur, en espérant qu'il devienne artiste. Manque de bol, il a préféré les assurances.

Mireille Delpech se penche vers moi avec des airs de conspiratrice.

— Tu ne connais pas la dernière ? Maintenant que c'est autorisé entre hommes, Balthazar va se marier.

— Balthazar, se marier ? Mais avec qui ?

— Avec son frère, pardi !

Elle répète, pour savourer sa blague comme on suce un bonbon, le pressant avec la langue contre son palais : Avec Melchior, Balthazar va se marier avec Melchior !

Puis, après avoir relevé une mèche qui tombe dans ses yeux, elle me pose la question rituelle : Et à part ça, les ortilles, ça pousse ?

— Ça pousse, ça pousse...

Elle hoche la tête d'un air satisfait.

— C'est marrant quand on y pense, faire du blé avec des ortilles...

Mireille Delpech prononce *ortille*, comme on dit dans la vallée *frichtille* pour frichti. Ce n'est pas un défaut de prononciation, plutôt une manière affectueuse de nommer les choses. Personne au village n'a jamais cru que nous nous en sortirions, je l'ai déjà dit je crois. Aujourd'hui, Simon est respecté pour ses innovations comme hier on respectait ses parents pour leur entêtement à poursuivre les activités traditionnelles de la ferme. Simon a beau répéter que l'idée de planter des orties vient de moi, c'est toujours sur lui que retombent les compliments. Lui, le fils Carpentier. Personne ne nie mon travail, mais le travail, comment dire ? Ce n'est que du travail. Une activité que l'on peut acheter avec de l'argent.

*

Je rejoins Fred devant la camionnette du fromager. Il y a trois personnes dans la queue, une poussette, un caniche en laisse, un panier à roulettes. Fred tortille autour de son index un fil qui pendouille de son short puis tire d'un coup sec – ce short qui, s'effilochant de lavage en lavage, perd en substance et rétrécit. Nous nous approchons du but, la dernière cliente ramasse ses paquets, c'est à notre tour d'être servies. Fred s'avance en premier. La patronne me regarde en souriant :

— Vous êtes ensemble ?

Je rougis. Ensemble, oui, nous sommes ensemble, répond calmement Frederica, et elle m'embrasse sur la joue en empiétant légèrement sur les lèvres.

Aimer les filles. Les femmes. Se l'avouer. Ne pas en être malade pour autant, au contraire, se sentir bien, et même : ne s'être jamais sentie aussi bien. Nous allons boire un crème en terrasse, Frederica est drôle et tendre, nous grignotons un croissant par les deux bouts. Une miette reste accrochée au coin de sa bouche, je l'enlève du bout de l'index après l'avoir mouillé avec un peu de salive. Sur le chemin du retour, on fait un saut à la caravane pour récupérer le bicarbonate dont Simon a besoin pour dérouiller sa cisaille. Fred glisse les mains sous mes seins et les soupèse comme elle a soupesé les melons. Ses doigts se replient sur les tétons, ils les maltraitent un peu, et j'ai l'impression qu'ils sont directement reliés à mon ventre. Fred abandonne mes seins, je proteste, elle se fait désirer, minaude, recommence. Elle a déniché un nouveau point sensible, une nouvelle façon de me tenir à sa botte.

À notre retour, je trouve une lettre posée en évidence sur la table de la cuisine. C'est officiel maintenant.

— Qu'est-ce qu'il y a, demande Frederica, ça ne va pas ?

Dans deux mois, Noé laissera sa chambre. Il est accepté en pension.

*

Qu'est-ce qu'on attend d'une mère dans ce genre de situation ? Qu'elle se réjouisse ? Qu'elle fonde en larmes ? Qu'elle s'exclame d'une voix admirative : Mais c'est formidable mon chéri, je suis tellement heureuse !

Ou, d'une voix tremblante : Tu vas nous manquer...

Ou encore : Comment on va faire sans toi à la ferme ?

Je pourrais dire l'une ou l'autre chose, et toutes simultanément. Le métier de mère est un métier à risques. Risque de se contredire, d'exercer à mauvais escient son amour ou son autorité. Risque d'être mal entendue. Les émotions se bousculent. Je m'en tire comme je peux, prépare un bon repas pour fêter la nouvelle.

Je revois Noé le jour de son entrée en maternelle, le bas de son visage tremble, comme s'il avait stocké toutes ses larmes dans son menton. Je lui demande si ça va, il m'avoue qu'il a envie de pleurer, mais qu'il ne veut pas le faire parce qu'un garçon, ça ne pleure pas. Je le serre dans mes bras. Bien sûr que ça pleure, les garçons, qu'est-ce qu'il croit ? Que ses glandes lacrymales sont plus petites que celles des filles ? Moins performantes ? Il me demande : C'est quoi, maman, les glandes lacrymales ? Et son chagrin s'évapore, remplacé par l'envie d'apprendre.

*

Quand Noé annonce à sa sœur qu'il va la rejoindre en pension, elle lui envoie une photo du réfectoire et une autre en gros plan de son assiette, patates blanches et poisson pané. Il va falloir t'habituer à la nourriture, écrit-elle, fini la salade de haricots rouges !

Simon ne trouve pas ça drôle. Il est sombre, il a l'air soucieux. Le soir même j'essaie de faire l'amour avec lui, mais je n'y arrive pas. Je n'y arrive plus. Je pose la tête sur son épaule et nous en restons là. Simon de son côté ne manifeste aucun désir particulier. Et s'il avait rencontré quelqu'un ? Je repousse cette idée, je ne la supporte pas. Quand je pense à ce futur que Fred évoque les yeux dans le vague, je vois toujours Simon avec nous, jamais avec quelqu'un d'autre.

Je m'endors tard, me réveille plusieurs fois dans la nuit.

Le lendemain, surprise : ce n'est pas Fred mais Simon qui est à la cuisine quand je descends. Il a décidé d'apporter les barbeuls à la déchetterie et les a chargés dans la remorque. Le souvenir de son père pestant contre la tension des fils accompagne ses gestes. Il n'arrive pas à oublier. Ça le rend nerveux. Le couteau à pain tombe par terre et c'est moi qui le ramasse. Il paraît que j'ai parlé pendant mon sommeil. Simon ne veut pas me répéter ce que j'ai dit, il ne s'en souvient plus, est-ce si important ? Un peu plus tard, ça lui revient. J'ai parlé de ronds et de triangles, il n'a pas bien compris. J'ai parlé de tringle aussi. Il me demande ce que ça m'évoque. Je prends l'air inspiré. Des ronds, des triangles... Rien de particulier.

Je ne savais pas que je savais si bien mentir, c'est tout nouveau pour moi. Fred est debout près de la fenêtre, comme à son habitude, elle boit son thé calmement. Rien ne bouge sur son visage. Fred a une capacité à dissimuler ses émotions qui me fascine et m'inquiète à la fois. Quand Simon la rejoint, elle se tourne vers moi.

— Vous n'avez jamais pensé à mettre un âne derrière la maison ?

— Tu aimes les ânes ?

— Je les adore. Pas toi ?

— Moi aussi je les adore !

Simon me lance un regard dubitatif. Mon enthousiasme l'étonne. Quand il y avait encore des chevaux à la ferme, je n'avais jamais manifesté la moindre attirance pour eux. Je ne les pansais pas, leur apportais rarement à manger. Même lorsqu'il s'agissait de les mener à la rivière pour qu'ils marchent dans l'eau, je rechignais. Ai-je rencontré quelqu'un qui m'a fait changer d'avis ?

J'aimerais lui expliquer que l'âne n'est pas un cheval avec de grandes oreilles, mais il a disparu. À son retour de la déchetterie, il s'excuse d'être parti si vite. Nous sommes seuls dans la maison. Je l'entraîne dans l'arrière-cuisine et prends son sexe dans ma bouche. Je le fais avec douceur et détermination. Je ferme les yeux pour ne pas voir le porte-savon qui traîne toujours par terre. Son plaisir m'excite. Le reste de la journée est plus souple, Simon se montre très gentil avec moi, très prévenant, me demandant si j'ai besoin d'aide pour préparer les commandes et si je veux, mercredi, qu'on aille au cinéma tous ensemble.

*

Il est des lieux où même Simon oublie les économies. On a roulé pendant quarante minutes, ce n'est pas pour se serrer la ceinture à l'arrivée. Au cinéma, on ne lésine pas. Chacun sa confiserie, esquimau, pop-corn ou riz soufflé enrobé de chocolat. Nous nous asseyons toujours au premier rang. Nous n'aimons pas avoir les cheveux des autres dans les yeux. Nous voulons entrer à l'intérieur de l'image, qu'elle nous mange, et s'il faut bouger la tête pour suivre l'action, nous bougeons la tête, comme dans la vie. Nous ne comprenons pas les spectateurs qui préfèrent s'asseoir dans le fond de la salle pour avoir une vue d'ensemble. Aujourd'hui au programme, il ne sera pas question de Colette et de son amie, mais le souvenir des deux femmes reste gravé sur l'écran. Nous regardons religieusement les publicités. Fred a les paupières qui tombent. Il y a encore de la lumière dans la salle, elle lutte pour garder les yeux ouverts. Dès le générique, je la sens couler dans son fauteuil. C'est toujours la même chose au cinéma, m'avait-elle prévenue, quel que soit le film : je dors.

Elle est très bon public.

En rentrant à la ferme, nous allons dans sa chambre sous prétexte de chercher je ne sais quoi. Elle est en pleine forme, le cinéma l'a requinquée. Une main dans ses cheveux : c'est à mon tour de la recoiffer. Mission impossible. Elle se dégage, me repousse, elle veut me faire une surprise. Roulement de tambour : elle soulève sa jupe d'une main, de l'autre, baisse sa culotte. En bas, elle a rasé.

Tout, complètement. On dirait une enfant.

J'ose à peine regarder, mais ensuite, comment dire ? Ensuite pas tout de suite, parce qu'il faut bien aller se coucher avec Simon, il faut bien attendre qu'il s'endorme, ensuite, vers minuit, le désir est trop grand. Je frappe à sa porte, trois petits coups. Fred est réveillée, elle m'attend. Nous allons sur le balcon, je ne veux pas que nous nous embrassions sur le lit d'Anaïs. Dehors, j'ai toutes les audaces. À part les chouettes et les chauves-souris, personne ne peut nous voir.

Fred remonte sa chemise de nuit. Je me mets à genoux devant elle. Ma langue sépare les grandes lèvres mises à nu.

*

— Les Beluga, vous ne connaissez pas les Beluga ?

La phrase est devenue notre leitmotiv. Nous sommes chez les voisins, le ménage du rez-de-chaussée est bouclé.

Dans le placard à linge, entre deux piles de taies d'oreillers, nous tombons sur un coffret à bijoux. Frederica me gronde, elle me trouve trop indiscrète. J'ouvre délicatement le couvercle, les bagues, les chaînes en or et les petits bracelets sont rangés pêle-mêle, il suffirait d'opérer un léger prélèvement pour résoudre nos problèmes d'argent. Nous refermons soigneusement le placard. Nous nous allongeons sur le lit de Gérard. Le sexe de Fred a un goût d'amande, la peau de ses cuisses est si douce. Je lui parle à l'oreille, ses boucles me chatouillent les lèvres.

— Tu veux que je te dise un secret ?

— Non.

— Je vais te le dire quand même. Au début, quand tu partais toute seule te promener, tu te souviens, le dimanche avant le déjeuner... J'imaginais que tu allais le retrouver.

— Retrouver qui ?

— Gérard.

Fred éclate de rire.

— Tu es sérieuse !

— Il est plutôt séduisant, non ?

— Séduisant, pour qui aime les hommes.

— Et tu n'aimes pas les hommes ? Pas du tout ?

— Je ne sais pas. Je manque d'expérience.

— Tu n'as jamais fait l'amour avec un homme ? Jamais, vraiment ? Même pas une toute petite fois ?

Le visage de Fred se ferme. Qu'est-ce que je veux dire par *une toute petite fois* ? L'amour ne se fait pas sur les bords. Il se fait, ou il ne se fait pas.

Je ne suis pas d'accord avec elle. Je sens bien qu'elle n'a pas envie d'entrer, si l'on peut dire, dans le vif du sujet et sa résistance m'intrigue. J'insiste.

— Tu me le jures, jamais ?

Fred ne jure pas, ce n'est pas dans son tempérament.

— On ne peut jurer de rien ni de personne, dit-elle, mais puisque tu veux tellement savoir... J'ai couché une fois avec un garçon, ou plutôt il a couché avec moi. J'étais très jeune. Il a profité de moi. Et pas tout seul.

— Comment ça pas tout seul ?

— C'est une histoire très banale. Le garçon qui m'a dépucelée, tout le monde l'appelait Pilou. C'était l'été, je faisais du stop pour rejoindre une copine qui campait au bord de la mer. Je me suis retrouvée à une terrasse de café avec le fameux Pilou et deux de ses copains, un vieux et un plus jeune à lunettes. Le vieux m'a demandé où j'allais, c'était loin d'après lui, trop loin pour arriver le soir même. Je l'ai cru – je n'avais pas de raison de douter. Pour ma mère, j'étais en stage d'équitation. Je me sentais très forte, avec ma copine qui m'attendait sous la tente. Pilou a commencé à me faire du pied, tu perds ton temps, je lui ai dit, je n'aime que les filles. Ça l'a surpris que je sache si bien ce que je voulais à mon âge. Ce que je ne savais pas, c'est que juste avant de m'inviter à leur table, le copain à lunettes avait parié avec Pilou qu'il n'arriverait pas à me séduire.

Quand je dis séduire, ça veut dire baiser.

Le garçon à lunettes a insisté, comme toi. C'est une maladie l'insistance. Comment tu peux savoir que tu n'aimes pas les hommes, si tu n'as jamais essayé ? J'ai répondu : L'amour ne peut pas s'essayer comme on essaie une robe ou un pantalon. J'étais assez fière de ma réplique, tout le monde a rigolé. Pilou était plutôt timide, c'est pour ça que j'ai eu confiance en lui. Les autres sont partis, il m'a proposé de m'héberger dans une maison qu'il gardait, à la sortie du village. Les propriétaires étaient en vacances, je ne serais pas dérangée. Ce n'était pas prudent de dormir dans la nature, à cause des sangliers. Je l'ai suivi. On a bu encore une bière à la cuisine, ça puait l'humidité, tu sens comme ça sent? il m'a dit. C'est à cause des champignons, et il a montré un coin près de la porte. Il y avait de la poudre blanche sur le carrelage, comme si le mur avait des pellicules.

Pilou m'a entraînée dans une chambre d'enfant un peu vieillotte. Le matelas était recouvert d'un dessus-de-lit avec des Mickey imprimés. Sur le mur près de la fenêtre, il y avait l'affiche de *La Petite Sirène*. On s'est assis en tailleur l'un en face de l'autre, il s'est mis à chanter une chanson en anglais. Avant la fin, il m'a attirée contre lui. Je crois qu'il ne connaissait pas toutes les paroles.

Pourquoi j'ai cédé ? Je ne sais pas, la chanson peut-être. La curiosité. Sa peau piquait autour de la bouche, ça, c'était de l'inédit, le côté râpe avec mon menton en guise de fromage. Ma main est tombée sur son sexe par hasard, je l'ai trouvé agréable à toucher. Je me demandais si tous les glands étaient aussi lisses. J'avais l'impression de caresser un clitoris gonflé à l'hélium. Un coup d'ongle et pfft... il allait se dégonfler. Heureusement, il y avait cet étui qui glissait sur la queue, c'était pratique, cette peau coulissante, je n'avais jamais pensé qu'un sexe masculin puisse être aussi facile à manipuler. Pilou m'a caressée à son tour, il n'était pas doué. J'ai voulu le guider, il a repoussé ma main, alors j'ai laissé tomber. À partir du moment où j'ai renoncé à avoir du plaisir, ça a été plus simple. Il m'a dit : Attends, attends ! Le préservatif enfilé, il m'a fourré son truc dans la bouche. J'avais peur de vomir, il ne fallait pas que ça dure trop longtemps cette histoire. Pendant qu'il s'occupait de ma poitrine, j'ai mis une bonne dose de salive entre mes jambes. Tu mouilles, il m'a dit quand il est revenu vers mon sexe, et sa queue a durci pour de bon. Il a dû s'y reprendre à plusieurs fois, j'étais très étroite d'après lui. Quand son sexe a passé le cap, j'ai crié, il a cru que j'avais du plaisir et ça l'a encouragé. J'ai regardé devant moi en essayant de ne pas faire de grimaces, ce n'était pas sa faute si j'étais serrée. Au fond de la chambre il y avait un paravent japonais posé en accordéon. La peinture représentait un paysage de montagne, avec au premier plan un cerisier en fleur. Pilou allait, venait, ça raclait un peu, mais ça aurait pu être pire. Je fixais le cerisier en attendant que ça se termine, et l'arbre s'est mis à trembler, les branches ont bougé, puis le tronc, puis la montagne a basculé vers l'avant, provoquant un courant d'air, comme un grand coup de vent qui a emporté l'érection de Pilou. Je me suis relevée sur le coude. Le paravent japonais était tombé par terre. Derrière, dans la pénombre, il y avait deux hommes en train de se branler. Je n'ai pas tout de suite reconnu les deux qui étaient avec nous en terrasse, les âges correspondaient, mais pour le reste, honnêtement, je n'en étais pas sûre.

Pilou a attrapé son caleçon et leur a dit de se barrer, et puis il a fait un drôle de son quand j'ai planté mes dents dans son bras. Il a vu du sang sur le lit, sa main a cherché la morsure, rien ne coulait. Le sang venait de mon corps. Une belle tache rouge assortie à la culotte de Mickey. C'est surtout ce détail qui semblait l'inquiéter, pas que les deux autres soient toujours là, pas qu'il ait débandé et que je l'aie mordu, mais que le couvre-lit de la chambre d'enfant soit taché.

Le plus jeune a remballé sa marchandise et s'est avancé vers moi. Il m'a prise par la nuque, c'était bien lui au café, j'ai reconnu sa peau avec des cicatrices d'acné. Je trouvais ce détail important, si je devais le décrire plus tard à la police. Je me suis laissé faire, il était vraiment costaud, avec des muscles qui dépassaient du polo. J'ai eu peur qu'il m'oblige à le sucer, mais non, il m'a simplement mis le nez dedans, comme on le fait avec les chats pour qu'ils apprennent à utiliser leur litière.

Le nez dans le sang.

Il disait que j'avais foutu la honte à son copain, que j'allais le payer. Pilou a essayé de le calmer, il lui a parlé à l'oreille. Le garçon m'a lâchée. L'homme plus âgé était toujours dans l'ombre, il se finissait. Il a explosé et, tout de suite après, s'est essuyé la main gauche sur son pantalon (pourquoi j'ai retenu qu'il était gaucher, la mémoire, quand même). Ensuite, avec la même main, il a cherché quelque chose dans sa poche. Un billet qu'il a lancé à mes pieds en passant, comme si j'étais une pute.

La voix de Fred se casse. Elle me serre dans ses bras.

— Je n'aurais pas dû te raconter ça, répète-t-elle, je suis désolée. Je ne veux pas que tu me regardes avec pitié. Je n'ai pas eu mal, il ne faut pas t'inquiéter. J'ai juste eu peur, quand le type à lunettes m'a mis le nez dans le couvre-lit. J'ai cru que j'allais étouffer. Et puis l'autre, avec son billet... Aujourd'hui, c'est ça le plus dur. Le souvenir du billet jeté à mes pieds.

Tu n'imagines pas le bruit, quand le paravent est tombé. Et les deux couillons derrière, leur trique à la main... Le vieux avait gardé son pantalon, il s'astiquait par la braguette. Je me suis retrouvée seule sur la route avec mon sac, j'avais l'impression d'avoir deux gros steaks entre les jambes, qualité bouchère, mes lèvres avaient doublé de volume. Je chialais. J'avais peur d'avoir attrapé une maladie, ou peut-être que j'étais allergique aux préservatifs, ou aux hommes, il fallait très vite que je trouve un médecin. Je me suis cachée dans un tournant pour toucher, ça m'a rassurée un peu, sous mes doigts mon sexe avait l'air normal. Je me suis massée avec de la crème solaire, c'est tout ce que j'avais dans mon sac, et tu ne vas pas me croire : j'ai joui presque tout de suite. Une jouissance sèche, sans plaisir. J'ai entendu la voix du copain de Pilou quelques minutes plus tard. Il m'appelait. Il disait qu'ils avaient fait une connerie, qu'il ne fallait pas leur en vouloir. Qu'ils allaient me donner de l'argent en compensation et me payer une chambre d'hôtel. Pilou était un peu à la traîne, il se tenait le ventre, comme s'il avait mal lui aussi. Ce n'était pas un méchant garçon, il parlait gentiment des propriétaires de la maison et de la peine que ça allait leur faire quand ils verraient le sang sur les Mickey. Plutôt fragile en apparence, pas fanfaron pour un sou, mais qu'est-ce que tu veux... Il fallait qu'il fasse ses preuves, c'est ce qu'il m'a raconté sur la route en allant à l'hôtel. On lui demandait un acte clair, un acte qui prouvait qu'il n'en était pas un.

— Un quoi ?

— Un pédé, je ne sais pas si c'est vrai, mais c'est ce qu'il m'a dit. Il devait prouver qu'il était un homme, comme si les hommes qui aiment les hommes n'étaient pas des hommes. Je suis sûre qu'il ne savait pas, pour le paravent japonais. Il était très doux, je t'assure.

— Tu l'excuses maintenant ?

— Non, je ne l'excuse pas. Je constate simplement...

— Tu constates ?

— Je suis persuadée que Pilou est devenu un mec parfaitement inoffensif. Un bon père de famille. Tout ça est loin maintenant. Tu as déjà été violée toi ?

— Non.

— La chance...

*

Le soir même, alors que nous allions nourrir la corneille, Fred était revenue sur ses mots. Elle avait parlé de viol, mais ce n'était pas le terme exact, il s'agissait plutôt d'un abus de confiance. Elle avait éclaté en sanglots, elle ne voulait pas, disait-elle, que je pense qu'elle était devenue lesbienne à cause de ça. Son attirance pour les femmes était bien antérieure à sa rencontre avec Pilou. Enfant déjà, elle préférait les filles. Elle les trouvait tellement plus attachantes.

Je lui caressai le dos, je la consolai, c'était à mon tour de vouloir réparer. J'imaginais le paravent basculant lentement, puis s'écrasant sur le sol, soulevant un nuage de fines particules blanches.

— Ma Fred, répétai-je, ma chérie...

C'était la première fois que je prononçais ce mot, chérie, ma chérie, et j'en fus tout émue, comme si l'adresser à quelqu'un était encore plus fort que de l'entendre.

XII

Les magnolias ont perdu leurs pétales, la roquette prospère, les cerises mûrissent de jour en jour et notre amour fleurit, même si j'ai encore du mal à appeler ça de l'amour, par pudeur sans doute. Il faudrait parler de Noé, de l'installation de ses panneaux solaires autour du séchoir à graines, des petites taches blanches qui sont apparues sur les orties plantées près de la forêt et de l'inscription sur le site de nos nouveaux produits, mais Fred envahit mes pensées. Qu'elle s'éloigne, je m'inquiète. Elle glisse des petits mots dans les poches de mes vêtements. Il lui suffit de plisser les yeux pour que mon cœur s'emballe. Ses souvenirs me touchent. Si je raconte tout ça si vite, en vrac, c'est que tout s'est accéléré après la confidence du paravent japonais. Il aurait fallu mettre des mots sur ce qui nous arrivait : nous n'en avions pas le temps. Nous étions pressées, comme si quelqu'un pouvait d'une seconde à l'autre actionner l'interrupteur qui plongerait notre histoire dans le noir.

Les journées avançaient d'un bloc. Le monde gagnait en netteté, les angles étaient aigus, les sensations intenses, et le moment d'après l'euphorie retombait, la fatigue envahissait nos gestes, le travail nous accablait. Le tissu qui nous unissait perdait de sa souplesse, tout devenait à la fois lourd et fragile. Plus nous nous rapprochions, plus je sentais le mur qui nous séparait. Ce n'était jamais assez. Le désir nous occupait tout entières, nous prenions des risques inouïs pour l'apaiser. Je fis même l'amour avec Fred dans la chambre conjugale, le dos trempé de sueur, pendant que Simon dormait. Je n'en suis pas fière, et s'il y a une chose que j'aimerais effacer, une chose que je regrette mais qui me conduit immédiatement au plaisir lorsque je la convoque, c'est bien celle-là. Cette scène-là. Simon allongé, une jambe pliée dépassant du drap. Fred et moi derrière le lit, dans le coin, près de la porte. Debout, l'oreille aux aguets. En silence, parfaitement, l'une après l'autre, sans plus savoir si c'était le sexe qui caressait la main ou la main qui caressait le sexe. Une jouissance profonde, arrachée aux petites heures de la nuit.

*

Son aile était réparée, la porte du hangar ouverte, il était temps que la corneille prenne son envol, pourtant elle demeurait immobile sur le lit d'orties sèches. On aurait dit qu'elle avait du mal à nous quitter, ou du mal à comprendre que ce rectangle blanc qui se découpait dans le mur était synonyme de liberté. Fred colla sa joue sur mon bras. Je n'avais jamais pensé que le poids d'une tête puisse donner tant d'émotion, et quand l'oiseau s'écarta de nous, tournant ostensiblement le dos à la lumière, je le remerciai en silence. Il resterait là encore un peu. Et moi aussi je voulais rester dans la grange, longtemps, le plus longtemps possible avec Frederica.

Un petit saut, un deuxième... La corneille déploya finalement ses ailes et s'envola, une belle trajectoire vers les peupliers.

Le lendemain, elle était de retour. Déchiquetée devant la niche, le cou à angle droit. La patte de Cheese posée sur son dos. Fred me tira à l'écart, elle ne voulait pas que je regarde. Ce n'était pas la faute du chien, disait-elle, ça ne servait à rien de le punir, c'était notre faute. Simon tenait sa revanche. Notre *protégée* aurait moins souffert s'il l'avait tuée en même temps que les autres. Il l'avait bien dit à l'époque, personne ne l'avait écouté. La corneille était devenue trop confiante, trop familière.

Je nous revoyais, à croupetons dans un coin de la grange. Nos cuisses parallèles, nos épaules à touche-touche, notre complicité qui peu à peu s'était construite autour de la blessure : s'il n'y avait pas eu l'oiseau à sauver, Fred serait peut-être déjà repartie. Elle habiterait maintenant quelque part en Islande, entourée de moutons. De son séjour chez nous, elle garderait le souvenir d'un garçon qui habitait une chambre à lui, *ma chambre à moi.* D'une fille qui tissait des gants en fibre d'orties, comme dans un conte de fées. D'un chasseur au doux visage, d'une femme... Que dirait-elle de moi ? Qu'aurait-elle retenu ?

La corneille rejoignit les autres, et les becs des autres, sous le noyer. Au moins nous l'avions enterrée entière – C'est ce qu'elle aura gagné à être soignée, avais-je dit à Simon le soir. Il était sorti de la chambre en claquant la porte. Cette histoire de mutilation ne passait pas. Dès que je voyais un corbeau ou une corneille dans le ciel, je ne pouvais m'empêcher d'imaginer qu'une pince coupante se refermait sur son bec. Cette même pince qui avait sectionné les vis rouillées du lavabo et les fils barbelés. Même bruit, de loin. Même impression de résistance avant, soudain, le renoncement de la matière. Même vengeance de Simon, mais contre qui ? Son père ? On dit *clouer le bec* pour réduire quelqu'un au silence, l'empêcher de parler. On dit également *rester le bec dans l'eau,* se retrouver sans rien, pantois. Interdit. La mort de la corneille nous laissa, Frederica et moi, interdites. Nos escapades s'espacèrent un peu, mais la tendresse était toujours là. Nous avions besoin de nous réparer. Je fis l'amour avec Simon une ou deux fois dans la semaine qui suivit. (Pourquoi dire une ou deux fois ? Je sais très bien combien de fois nous avons fait l'amour, et quand. Et de quelle façon.)

*

Malgré l'aide de Frederica, nous avions pris du retard sur la récolte. Tu imagines si elle n'était pas restée plus longtemps que prévu, disait Anaïs au téléphone, je ne sais pas comment vous vous seriez débrouillés. J'imaginais. Si Fred était partie plus tôt, je me serais effondrée, et je n'aurais pu en parler à personne, car personne n'était au courant de notre relation.

Parfois je me sentais seule, paradoxalement, tellement seule.

*

Depuis notre décision de pailler les champs avec ce qui nous restait de tiges et l'accélération de la production du pesto, il n'y avait plus de dimanches. Même Fred se levait à l'aube. Nous faisions une petite pause à dix heures, puis une autre après le déjeuner, quand Simon allait prendre son café au village.

C'était une nouvelle habitude, le café au village. Simon prétendait qu'il était meilleur que le nôtre, ce qui n'était pas difficile. Pendant son absence, je m'accordais une courte sieste avec Frederica, et c'est en toute connaissance de cause que je continuais à acheter du café premier prix au supermarché.

Après un printemps chaotique, l'été s'annonçait torride. Les températures étaient en passe d'atteindre un nouveau record. Je dis nouveau car déjà fin avril la région avait connu un pic de chaleur. La citerne était vide, le niveau des nappes phréatiques alarmant. Dans les bassins, les algues proliféraient, menaçant de boucher les pompes et, à terme, de les endommager. Nous redoutions les restrictions d'eau, les conséquences seraient catastrophiques pour les cultures. La terre craquait de toutes parts, le potager faisait le dos rond, les jeunes pousses piquaient du nez. Les zones près de la rivière s'en sortaient bien, mais pour combien de temps ? Les orties grièches dégageaient une odeur de bitume. Elles commençaient déjà à jaunir. Il faudrait les faucher et recueillir les graines prématurément.

Du côté des humains, ça n'allait guère mieux. Les émissions spéciales s'enchaînaient à la radio. On ne parlait plus que météo, réchauffement climatique, la flambée des thermomètres balayant haut la main celle des prix du fioul et de l'électricité. On nous le serinait sur tous les tons, on ne pourrait pas dire qu'on ne nous avait pas prévenus : bientôt, il allait faire chaud. Encore plus chaud. Un mardi enfin, on brandit le mot canicule. Le plan Fournaise entra en action. Le jeudi suivant, les parents de Simon (morts depuis huit ans tout de même, bientôt neuf) reçurent l'un et l'autre une lettre officielle les incitant à s'inscrire sur le fichier des personnes à risque. Ils devaient s'hydrater régulièrement, prendre des douches et ne pas hésiter à téléphoner au numéro d'urgence indiqué en gros caractères au centre de la page.

Le soir après l'apéritif, Simon composa le numéro. Passé les formules d'usage, il demanda si les morts souffraient de la canicule et s'il fallait, eux aussi, les mettre sous la douche. Son interlocutrice lui raccrocha au nez, Noé voulut rappeler, son père l'en empêcha – on aurait pu les repérer. Et ils riaient tous les deux, ils riaient, je ne savais pas où ils trouvaient la force de rire. Le sujet revint dans la conversation au moment de débarrasser la table. Le coup de fil de Simon était moins anodin qu'il n'y paraissait. Les buis qui bordaient la tombe des beaux-parents allaient dépérir s'ils n'étaient pas arrosés. J'en parlai à Simon.

— Si ce n'est pas la sécheresse, lança-t-il, ce sera la pyrale qui les attaquera. On ne va pas gaspiller de l'eau pour des morts.

— Mais Simon, il ne s'agit pas de n'importe quels morts...

Je ne le reconnaissais pas. Il y avait de la colère dans sa voix. Fred se rangea à son avis pour calmer le jeu. Elle était fatiguée aujourd'hui, ça se voyait aux creux qui marquaient ses joues, sous les pommettes, comme si ses yeux avaient aspiré la chair. Elle avait passé la matinée à charger la broyeuse avec Simon pendant que je préparais les commandes. Je n'aimais pas travailler loin de Frederica et surtout, même si de toute évidence elle ne faisait rien pour le séduire, je n'aimais pas qu'ils travaillent ensemble.

*

Simon ne comprend pas. Est-ce que sa barbe a durci ? Habituellement, les lames durent quatre ou cinq jours, et là, au bout de deux jours, il a l'impression de se raser avec un couteau à beurre. Je lui propose de choisir une autre marque la prochaine fois. Il ne voit pas ce que ça changerait, sa voix tremble, je crois qu'il se doute de quelque chose. L'après-midi même je file au supermarché acheter un nouveau paquet de lames et, sur un compte séparé, un lot de trois rasoirs *Spécial intimité féminine*. Ils sont roses et dodus, munis d'une tête pivotante pour les coins difficiles. Je me suis tellement habituée au sexe lisse de Frederica que je me demande comment il était avant. Je me sens un peu bête avec ma touffe de poils même si, à l'usage, ça a plutôt l'air de l'exciter. Fred me dit qu'elle aime mon côté vintage, je ne sais pas comment le prendre.

La question de l'âge, oui, il faut bien à un moment ou à un autre l'aborder.

Fred ne veut pas en entendre parler, parce que pour elle, ce n'est pas une question.

— Quoi, l'âge ? lâche-t-elle en levant les yeux au ciel, comme si j'avais dit une grosse connerie.

Un dimanche en rangeant des affaires, je tombe sur une photo de moi avant la naissance de Noé. J'ai les cheveux mi-longs et des boucles d'oreilles qui pendent jusqu'aux épaules. J'aime mes clavicules saillantes, la ligne qu'elles forment, parallèle au sol, barrée perpendiculairement par les bretelles d'un débardeur – une vieille *pouc*, comme aurait dit le père de Simon, *T'as ti mi ta vieille pouc ?*

Je montre le tirage à Frederica. Elle affirme qu'elle me préfère aujourd'hui. Plus tard elle me dira que les jeunes filles ne l'ont jamais intéressée. Depuis l'adolescence, elle aime les femmes plus âgées qu'elle. Et moi, qu'est-ce que j'en pense ? Est-ce que j'aurais préféré qu'elle soit plus vieille ?

— Vieille, tu vois, tu as prononcé le mot. Tu me trouves vieille.

— Réponds-moi, Nora. Tu m'aurais préférée avec vingt ans de plus ?

Peut-être, oui. Mais je ne le dis pas. La jeunesse et la beauté sont intimidantes. Frederica est intimidante. Le couple que nous formons n'est viable qu'allongé. Debout, il ne tient pas. Je nous trouve mal assorties, Fred prétend le contraire. Jamais elle ne s'est sentie aussi bien. Avec moi, elle n'a plus besoin de bouclier. Elle aime tout ce que je suis, même mes doutes elle les aime. Même ce qu'elle n'aime pas, quand ça vient de moi, elle l'aime.

*

Les buis assoiffés me tourmentent, je ne me sens pas le courage de les abandonner et, par la même occasion, d'abandonner les parents de Simon. Je décide d'aller m'occuper de leur tombe en fin d'après-midi. Fred m'accompagne. Quelle tête de mule, répète-t-elle sur le chemin du cimetière, mais quelle tête de mule !

Elle a mis mon chapeau de soleil, celui à large bord, qui la fait ressembler à Jane Birkin.

— Si, je t'assure, le portrait de Jane à ton âge. À part la texture des cheveux et la couleur de peau...

— La même allure ?

— C'est ça, la même allure. Et le même sourire.

Comme nous passons devant le magasin de fleurs, Fred suggère d'acheter quelques pieds pour rafraîchir les plantations. Le buis, c'est joli, mais pas folichon. Je lui demande de choisir – je payerai avec l'argent des courses, nous ne mangerons pas de viande jusqu'à la fin du mois, à part le poulet qui nous attend dans le congélateur, mais est-ce vraiment de la viande ?

La jolie fleuriste est maladroite, un peu fébrile peut-être. Quand je lui dis que c'est pour les parents de Simon, elle baisse les yeux. Fred jette son dévolu sur des mandevillas blancs qui adorent la chaleur et, selon elle, ne font pas trop mémère.

Pourquoi les fleurs plantées autour de la tombe de mes beaux-parents ne devraient-elles pas *faire mémère* ? Mystère. Ma belle-mère aurait sûrement choisi des géraniums rouges, bien voyants, ou des camélias. Fred trouve ma réflexion amusante.

— C'est pour qui, les mandevillas? Tu crois que les parents de Simon vont les voir de là-haut? Oh! les belles petites trompettes! Oh! les feuilles qui brillent! S'ils sentent quelque chose, ce sera la partie cachée sous la terre.

— Les racines...

— Et les racines des mandevillas, conclut Frederica d'une voix suave, ont un goût de réglisse très excitant, c'est pour cette raison que je les ai choisis.

— Comment tu sais ça?

— Je ne le sais pas, je dis n'importe quoi. Il ne faut pas m'écouter.

La fleuriste emballe les mottes dans du papier journal mouillé. Décidément, elle a des oreilles remarquables, parfaitement ourlées, des oreilles à peindre, dira Frederica en sortant de la boutique, ou mieux encore : à mouler.

Le cimetière se situe au-delà de l'église, près d'un terrain abandonné couvert de buddleias au parfum de miel, un petit cimetière de campagne piqué de monuments disparates dont une statue d'Aphrodite partiellement dénudée que Fred trouve à son goût. Un enterrement avait eu lieu récemment, le frère du responsable de la coopérative – encore un suicide, murmurait-on au village. Les couronnes mortuaires étaient nombreuses, comme si ça pouvait réparer. Elles se doublaient d'une quantité impressionnante d'abeilles et de papillons jaunes qui voletaient au-dessus des fleurs, formant à un mètre du sol une seconde couronne qui vibrait dans la lumière de cette fin de journée. En comparaison, la dalle de marbre sous laquelle étaient enterrés les parents de Simon manquait d'animation. Rien à flairer, rien à butiner, seuls les rampants y trouvaient refuge. À mesure que leurs corps perdaient en volume, le couple gagnait en oubli. Même Anaïs rechignait à honorer leur mémoire. Elle disait que c'était là qu'ils étaient en montrant le côté gauche de sa poitrine. Là, dans son cœur, et là, dans ses souvenirs. Simon quant à lui n'allait jamais au cimetière, il faisait semblant de ne pas y penser. Que cachait son indifférence ? Couvercle, histoire ancienne. Un jour pourtant, il m'avait avoué qu'il aurait bien rendu visite à sa mère, mais que la présence de son père dans le caveau familial l'en empêchait.

Le père de Simon n'était pas facile à vivre, certes, surtout quand il avait bu, mais il ne fallait pas oublier que, sans sa générosité et celle de sa femme, nous aurions fini à la rue avec les enfants. Nous leur devions bien un peu de jardinage post mortem.

*

La terre est dure, heureusement l'église met du matériel à disposition des familles. Chaque outil est accroché à une chaînette qui s'ouvre en introduisant une pièce ou un jeton, comme au supermarché.

— Tu crois que c'est à cause des vols, ou pour que les outils soient bien rangés ?

— Les deux. Vol et rangement. La preuve que Dieu ne suffit pas.

Sur ces mots, Fred prend la pelle et creuse.

Après avoir planté les mandevillas, Fred me rejoint près du robinet. Ses mains s'agitent sous le flot, elle les regarde d'un air surpris. Sa paume s'est encore élargie. Ses doigts ont doublé de volume, ses ongles semblent petits en comparaison. Il n'est plus question de les laisser pousser ni de les vernir. Frederica se baisse pour passer la tête sous l'eau, puis elle secoue ses boucles, projetant autour d'elle une gerbe de gouttelettes.

C'est à mon tour de me rafraîchir. Mes vêtements me collent à la peau. Je vois les yeux de Fred s'attarder sur mes hanches.

— Tu n'aurais pas grossi ? me demande-t-elle.

Peut-être, oui, je me suis un peu remplumée, Noé aussi l'a remarqué. C'est une bonne nouvelle. L'arrosoir vide, couché sur le flanc, ressemble au chien d'Ulysse. Le granit est frais, nous nous asseyons sur la tombe, jupes retroussées pour sentir la fraîcheur sous nos cuisses. Nous sommes là, en tailleur, quand un bruit de roue attire notre attention. Les jumeaux passent dans l'allée en poussant une brouette vide.

Une *berouette*, aurait dit le père de Simon.

Fred fronce les sourcils. Elle n'aime pas les jumeaux, surtout Balthazar, elle se méfie de lui, de sa langue bien pendue. Que va-t-il raconter au village ? Que les deux filles du Palais se donnent rendez-vous au cimetière ? De l'extérieur, cette façon de nous asseoir à même la pierre peut paraître inconvenante, mais pour une fois qu'il y a de l'animation sur leur tombe, ce ne sont pas mes beaux-parents qui s'en plaindraient. Ils doivent être contents, mon beau-père surtout. Un soir, alors que j'allais chercher du bois pour le poêle, il m'avait serrée d'un peu trop près. Il était soûl. Je l'avais repoussé violemment, il était tombé sur les fesses. Je le revois dans la boue du chemin, hagard. Tu m'as cassé le coccyx, bredouillait-il.

Quand les buis sont bien arrosés, les outils rangés à leur place et les pièces récupérées, Fred me demande si je veux qu'elle me laisse pour prier. Sa question me surprend. Prier, mais prier qui ?

Je reste sur mes gardes, il n'est pas question qu'elle m'entraîne derrière l'église, mais non, je me suis trompée, ce n'est pas du tout son intention. Debout devant la tombe des beaux-parents, elle improvise un discours dont je dois répéter certains mots. Je me prête au jeu. Des nuages viennent du nord, l'été baisse les bras, demain il fera moins chaud. Frederica parle maintenant au père de Simon. Elle sait qu'il aime son fils, et malgré tout ce qu'ils ont traversé, son fils l'aime en retour. C'est bien ça le problème, cet amour indicible entre les pères et les fils, quoi qu'il arrive.

— Quoi qu'il arrive...

— Aujourd'hui, Simon traverse une période difficile et il faut l'aider. Sa compagne ici présente, Nora, se prépare à changer de vie. Elle a rencontré quelqu'un d'autre qu'elle aime, et qui l'aime.

Fred prend ma main gauche et fait semblant de m'enfiler une alliance.

— Je nous déclare, dit-elle d'un ton solennel, femme et femme.

Je n'ai pas le temps de répéter, Fred éclate de rire et m'embrasse tendrement. Les jumeaux réapparaissent dans l'allée, une croix en métal rouillé dépasse de leur brouette. Quand Balthazar se retourne pour voir ce que nous faisons, Fred lui adresse un superbe doigt d'honneur. Il répond par le même signe, comme s'il bénissait notre union, et reprend son pèlerinage vers la statue d'Aphrodite. Je reste très droite, le plus droite possible ; de la peur ou de la fierté, je ne sais quel sentiment l'emporte.

*

La semaine suivante, j'avais raconté l'histoire de la brouette à Simon – en laissant le doigt d'honneur, l'alliance imaginaire et le baiser de côté. Il voyait très bien de quelle croix je voulais parler, celle du monument funéraire de la famille Escoullant.

— Un danger public cette croix, c'est une bonne chose que les jumeaux l'aient enlevée. Tu imagines si elle était tombée sur un môme...

Il ne fut pas surpris quand je lui racontai que nous avions planté des fleurs et arrosé les buis, comme s'il était déjà au courant.

— Tu es allé au cimetière ?

Du rouge sur son front : je devinai que Simon allait visiter la tombe de ses parents en cachette. Cher Simon, comme je l'aimais, comme nous nous aimions. Je le pris dans mes bras, Fred nous attendait près de la citerne d'eau de pluie, elle ramassa son sac et se dirigea d'un pas vif vers la maison. Je la retrouvai quelques minutes plus tard dans la cour avec Cheese. Elle pleurait en lui caressant doucement la tête. Lui, au moins, était d'une loyauté sans faille. On pouvait compter sur son affection.

Mon indélicatesse, disait-elle, dépassait l'entendement.

Alors je fis ce que je n'aurais jamais dû faire : je me justifiai, comme si j'étais en faute. Fred s'engouffra dans la brèche, me traitant d'égoïste, me demandant quelle place elle avait à mes côtés, si elle comptait si peu à mes yeux, si elle n'était qu'un objet décoratif, un outil pour me donner du plaisir et deux bras pour couper ces putains de tiges urticantes, elle en avait sa claque des orties, le purin lui donnait la gerbe, et tout ça en continuant à pleurer comme le jour où elle m'avait assuré que ce n'était pas si grave ce qui s'était passé derrière le paravent japonais, que cela aurait pu être pire, tant et si bien que, débordée par ses larmes, je me mis à pleurer à mon tour. Est-ce qu'au moins, poursuivit Frederica entre deux hoquets, j'avais remarqué que Simon avait changé ces dernières semaines. Il fallait que j'ouvre les yeux.

*

Chaque jour, quand Simon astiquait son fusil, ses chaussures, son tracteur, je repensais aux mots de Frederica. Il n'était plus le jeune homme perdu que j'avais rencontré à sa sortie d'hôpital. Il avait toujours été soigneux : il était en train de devenir pénible. Si je rangeais la vaisselle, il passait derrière moi pour mettre de l'ordre dans les couverts, ce qu'il ne faisait jamais avec Fred ou Noé. Les fourchettes devaient être rangées en cuillère. Et les cuillères ? En cuillère aussi, et non en vrac dans le casier à couverts. La moindre trace de boue sur le carrelage l'agaçait. Le moindre pied d'ortie qui partait de travers. Et la nature est faite de taches et de travers, ce qui lui donnait de nombreuses occasions de manifester sa mauvaise humeur. Le chat dormait sur notre lit ? Il le chassait. Question d'hygiène, expliquait-il. S'il a des vers, ce qui ne m'étonnerait pas vu l'obstination avec laquelle il se lèche le cul, on est bons pour les attraper.

Je ne pouvais pas dire le contraire, Rimbaud n'arrêtait pas de faire sa toilette, je l'avais remarqué déjà, et moi-même quand j'avais cru voir un ver solitaire dans le compost, j'avais tout de suite pensé à lui. Simon repartait à l'attaque, on aurait dit que ça le soulageait de pester contre le chat. Rimbaud mangeait des souris qui transportaient des maladies, il fallait être stupide pour le laisser dormir là où l'on se mettait nus, car Simon dormait nu, enfin avant il dormait nu, depuis quelques semaines il gardait son slip, prétendant qu'il avait froid pendant la nuit. Froid, alors que tout le monde se plaignait de la chaleur. J'eus le malheur de lui dire un soir que ce n'était pas vraiment hygiénique de dormir avec ses sous-vêtements, il se renfrogna, qu'est-ce que j'insinuais, il sentait mauvais peut-être ?

Oui Simon, tu sens la pisse.

Non, je n'avais pas prononcé ces mots, mais je les avais pensés. En vérité, je prenais très mal le fait qu'il se protège pour dormir, comme si l'accès à son intimité m'était désormais refusé.

Un jour à l'heure de la sieste, je m'en étais ouverte à Frederica. L'attitude de Simon ne l'étonnait pas. Elle avait l'air ravie de cette évolution vestimentaire.

XIII

Anaïs et Simon ont laissé tomber l'idée de la ferme pédagogique. Trop de contraintes de sécurité à mettre en place pour accueillir le public, et plus encore pour le jeune public, celui des classes vertes et des camps d'été. Trop de bâtiments à transformer. Même en ouvrant un chantier solidaire nous n'aurions pas les reins assez solides. Ce constat établi, il fallait trouver une façon de remplir la caisse. Anaïs, fidèle à son intuition première, militait pour que nous renforcions notre production de pesto. Elle avait repéré une filière marocaine de fonds d'artichauts congelés qui, disait-elle, pourrait encore réduire les coûts de fabrication.

Fred était tendue. Elle ne comprenait pas pourquoi Anaïs faisait semblant de ne pas l'entendre quand elle parlait des produits de beauté à base d'ortie. Pour compenser, j'étais gentille et gaie, et quand Simon voulait nous aider en cuisine, je refusais. Je proclamais haut et fort, dès que les circonstances le permettaient, que nous étions bien assez de deux. En marge du travail habituel, je proposai à Frederica de nous documenter sur la fabrication artisanale de parfum, sans attendre l'assentiment des autres. Mon engagement porta ses fruits. Nous passions des heures à lire et à prendre des notes en cachette, comme si c'était ça qu'il fallait tenir secret, plus encore que notre amour. À mesure que nous avancions, Fred oubliait les réticences d'Anaïs. Elle trouva sur le Net un lot de flacons pulvérisateurs pour un prix dérisoire. Le verre était épais, surmonté d'un bouchon en forme de flamme qui évoquait, disait-elle, le côté brûlant des orties. Leur réception marqua un tournant. Le contenant était là, ne restait plus qu'à produire le contenu. Simon fut mis devant le fait accompli. Du moment que nous nous occupions de tout, précisa-t-il, nous pouvions bien tenter l'aventure, ce n'était pas forcément une mauvaise idée.

Non Simon, pas *forcément.*

Après quelques tentatives malheureuses, le bon procédé pour distiller les végétaux s'imposa. Il s'inspirait d'une recette d'eau de rose et de bleuet que nous avions trouvée dans un livre de la bibliothèque de ma belle-mère – les feuilles d'orties remplaçant les pétales de fleurs. Le matériel, pour une expérimentation familiale, était d'une simplicité enfantine. Il se réduisait à trois éléments : un couvercle, une casserole et, posé en son centre, un récipient haut, type ramequin ou pot de confiture. Dans un premier temps, nous faisions chauffer l'eau avec les feuilles pendant une vingtaine de minutes. L'essence des végétaux s'évaporait, comme dans un alambic, et venait se coller contre le couvercle, puis repassait ensuite à l'état liquide en retombant dans le récipient. Pour fixer le parfum, Fred prétendait qu'il valait mieux utiliser de l'alcool. On pouvait acheter de la vodka sans odeur, cette idée me plaisait, mais nous n'allions pas déboucher toutes les bouteilles du supermarché pour en trouver une qui ne sentait rien. En attendant de résoudre ce problème, nous devions travailler sur l'arôme de base. Fred avait de bonnes intuitions. L'ajout en petite quantité de badiane, d'immortelles séchées et de quelques gouttes d'extrait de pamplemousse et de céleri donnait une odeur à la fois fraîche et intense. Quand la recette fut confirmée, c'est-à-dire reproductible, Noé et Simon se portèrent volontaires pour une séance d'essai. Tous deux furent agréablement surpris, ils ne s'attendaient pas à une telle réussite.

— Ce n'est pas un parfum, dit Noé d'un air connaisseur, c'est de la drogue !

Il se promenait le nez collé au flacon et demanda s'il pouvait le prendre au collège. Simon commençait à y croire. Restait à tester le produit en dehors du cercle privé.

Le lendemain justement, Marie-Claire et Gérard passèrent à la ferme pour déposer l'enveloppe du mois de mai. Ils restèrent pour l'apéritif, Frederica s'occupa de tout, endossant à la perfection le rôle de jeune fille de la maison. Au moment de partir, elle dut pressentir que Gérard voulait remettre le problème de l'invasion des orties sur la table, alors elle lui proposa de nous donner son avis sur l'eau de parfum que nous venions de créer. Elle en pulvérisa deux petites giclées sur son poignet et attendit le verdict.

Gérard était méfiant. Il approcha le bras de ses narines. Son visage s'illumina. Une merveille. Nous avions créé une merveille. Un parfum qui reproduisait exactement l'odeur de la campagne après la pluie.

— Une odeur d'herbe coupée, confirma Marie-Claire. J'adore !

Elle en commanda six flacons et promit d'en faire la promotion auprès de ses amis.

La campagne après la pluie ou l'herbe coupée ? Ce n'était pas la même chose, mais je comprenais ce qu'ils voulaient dire. Il y avait dans notre eau d'ortie une force modeste capable de réveiller les souvenirs. Marie-Claire paya en avance, pour que nous puissions lancer la production. Noé avait l'air heureux, il regardait la voisine avec des yeux nouveaux. Elle fit un chèque dont le montant correspondait (je compterais plus tard avec Anaïs) à cent vingt pots de pesto, un bon millier d'infusettes et quatre-vingt-treize litres de purin. Nous avions eu raison de fixer un prix de vente élevé. Notre parfum devait se commercialiser comme un objet artisanal de luxe *made in France*, en série limitée. Personne n'était censé savoir que sa fabrication ne coûtait presque rien, et que nous n'avions pas la certitude de réussir à stabiliser le mélange. Alors, j'eus une idée : pourquoi fallait-il que le parfum soit stabilisé ? N'était-il pas envisageable de lancer le concept de parfum primeur, à utiliser avant une date déterminée ? Un parfum éphémère, en somme, ou semi-éphémère.

— Il suffira de marquer les flacons, proposa Simon, comme les œufs du jour de la ponte. Aujourd'hui... Aujourd'hui... Aujourd'hui...

Noé applaudit. Fabriquer du parfum, selon lui, c'était avoir moins besoin de matière première, et donc moins besoin de surface cultivée, et donc – attendez que je finisse ma phrase – on pourrait revendre aux voisins le champ mitoyen, et avec cet argent, investir dans du matériel professionnel. Bénéfice secondaire de l'opération : pas de tranchées à creuser.

Fred trouvait l'idée intéressante. Simon était plus réservé. Céder du terrain, l'expression voulait bien dire ce qu'elle voulait dire. Pour ses parents et ses grands-parents, le fait de vendre avait toujours été synonyme d'humiliation. C'était un constat d'échec, comme si l'argent ne valait rien au regard de la terre.

Bien que mise au courant de l'enthousiasme suscité par notre eau de parfum, Anaïs s'accrochait à ses fonds d'artichauts en provenance du

Maroc. Pesto, pesto, pesto, tel était son credo. Un soir après le dîner, Fred passa une bonne heure au téléphone avec elle pour la convaincre. La discussion commença mal, mais au lieu de s'envenimer comme je le pensais, finit par s'apaiser. Anaïs était à court d'arguments. Elle restait en retrait et ça me faisait de la peine. Je ne reconnaissais plus sa voix. Elle devait sentir que Fred, semaine après semaine, prenait sa place au Palais.

Sa place, si ce n'était que sa place...

Je fis signe à Fred de me passer Anaïs. Je la rassurai. On avait besoin d'elle, de ses conseils, de son talent, pour concevoir une étiquette vraiment, mais vraiment élégante. Besoin d'elle pour organiser la fabrication. Besoin d'elle, une fois de plus, pour trouver un nouveau nom. Parfum d'ortie, c'était franc du collier, mais ça manquait de panache. Anaïs suggéra que l'on ajoute une ligne, un sous-titre, une précision qui exciterait la curiosité des consommateurs. Je la laissai parler, sentant qu'elle se piquait au jeu.

— Qu'est-ce que vous pensez de *Rêve d'ortie*? demanda-t-elle enfin.

Fred n'était pas convaincue. Je vins au secours d'Anaïs, la soutenant de tout mon être. *Rêve d'ortie*, c'était une très bonne idée.

— En dessous, poursuivit-elle, on écrit *Sublime*, avec un point d'exclamation. Et en dessous encore, *Parfum primeur*, suivi de la date de mise en bouteilles.

Je trouvais le mot *Sublime* trop clinquant, mais je n'en dis rien. *Rêve d'ortie, Brume d'ortie, Ortie for ever*... En vérité, le nom du parfum m'importait peu, du moment que Frederica était près de moi. Il fut décidé à l'unanimité de laisser de côté la production habituelle pour nous lancer dans la préparation des premiers flacons, que nous pourrions commercialiser à la fête du village. La Saint-Rufin approchait, comme chaque année nous allions tenir un stand et, si tout se passait comme prévu, faire en un soir plus de bénéfices qu'en un seul mois d'été.

Noé nous assura de son aide. Il mettrait en place les produits sur la table, parfums au centre, pesto aux quatre coins et purin en dessous. Quant à la vente du champ mitoyen, je m'en chargerais. J'allais tâter le terrain par écrit. Ça ne nous engageait à rien, expliquai-je à Simon, et au moins nous saurions à quoi nous en tenir.

La réponse des voisins arriva une semaine après l'envoi de mon courrier, assortie d'une offre d'un montant bien supérieur à ce que nous avions escompté. Noé ouvrit de grands yeux en apprenant la nouvelle. Nous allons être riches ! s'exclama-t-il, et il nous fit promettre, si la vente se concrétisait, de lui offrir un nouveau fer à souder.

*

Hier, Mathias Melteron-Desplanques a retrouvé le chemin de la ferme. Pas pour Noé cette fois, pour moi. J'étais partie faire le tour des cultures avec Fred, en apparence tout allait bien, mais arrivées à l'endroit de l'ancienne clôture, une odeur âcre nous avait saisies à la gorge. Pas une odeur de papeterie, non, ni œuf pourri ni goudron, plus agressive encore, comme si quelqu'un avait versé de l'ammoniaque dans les champs. Une vision macabre nous attendait. Ce n'était plus une rivière qui coulait en contrebas mais une marée de poissons aux yeux glauques. Des centaines, peut-être des milliers, flottant sur le dos ou sur le côté, et autant échoués sur les bords, accrochés dans les branches des saules comme des oiseaux sans bec ou coincés entre les roseaux, frétillant mécaniquement au passage de l'eau.

Des centaines, des milliers de poissons morts.

Je mis la main devant ma bouche et m'éloignai le long de la berge pour vomir, mais je ne vomis pas. Je restai là, en nage, le cœur battant, luttant contre la nausée. Fred me caressait le dos, ça va passer, disait-elle, ça va passer. J'avais froid, mes jambes tremblaient. Soudain, je me sentis partir sans pouvoir me raccrocher à rien. Le ciel s'obscurcit, un gris mat qui ne laissait pas de prise.

Quand je rouvris les yeux, le ciel avait encore changé de couleur. J'étais allongée sous le vieux platane. Fred m'avait rattrapée à temps, un peu plus et je tombais dans la rivière. J'imaginai mon corps dérivant dans l'eau gluante, les poissons crevés en guise de nénuphars.

— Il faut que tu restes tranquille, dit Fred en me tamponnant les tempes. Tu m'as fait tellement peur, tellement.

Elle me répétait qu'elle m'aimait, qu'elle allait s'occuper de moi. Elle glissa ses genoux sous ma tête et tendrement me berça, comme un enfant, un tout petit enfant qui a peur du noir.

Une heure plus tard, j'étais de retour dans ma chambre, Mathias à mon chevet. La pression du bracelet qui gonfle, le bruit du velcro, ce n'était rien d'après lui, juste un coup de fatigue. Il me demanda si je pouvais soulever les bras, je trouvai la question étrange, bien sûr que je pouvais soulever les bras. Son regard plongea dans mon décolleté, je remontai les draps, Mathias éclata de rire puis, voyant que la plaisanterie ne passait pas, sortit de son cartable un bloc d'ordonnances. Il laissa à Frederica une liste d'examens à effectuer – un simple prélèvement, dit-il pour la rassurer, comme si c'était elle qui devait donner son sang.

En rentrant du travail, Simon me trouva au lit. Fred le mit au courant, elle n'avait pas de mots pour décrire l'odeur – une infection, grimaça-t-elle. Simon l'écoutait en se curant les ongles avec un bout de bois. Quand je le vis porter ses doigts à sa bouche pour arracher les petites peaux qui dépassaient, je commençai à m'inquiéter. Pourquoi demandait-il ce que nous allions chercher près de la rivière ? N'aurait-il pas été plus naturel de s'interroger sur la mort des poissons ?

Il s'assit près de moi. Je ne pouvais pas le repousser, je n'en avais ni la force ni l'envie. Fred n'allait pas supporter qu'il m'embrasse en sa présence. Je leur dis que j'avais besoin d'être seule, de me reposer.

— Seule seule ? demanda Simon.

Je fermai les yeux pour échapper à la question. Fred sortit de la chambre, Simon ne bougea pas.

J'eus de la peine à m'endormir, une fois de plus j'avais mal pour Fred, et peur de sa réaction, mais le lendemain elle était là, comme d'habitude, devant la fenêtre de la cuisine. Elle regardait le pré sans âne. Quand je posai ma main sur sa taille, elle se retourna. Je sursautai. Son visage avait changé de couleur.

— *Sublime*, non ? lança-t-elle sans bouger les lèvres pour ne pas faire craquer son masque de beauté vert émeraude.

Fred avait étalé sur sa peau un mélange de crème fraîche et de pâte d'orties. Elle testait, m'expliqua-t-elle, un nouveau produit.

La vision des cadavres argentés m'habita pendant plusieurs jours. Le dimanche suivant, Noé et Simon préparèrent des sardines au barbecue avec de la salade de tomates et des oignons. J'adorais ça d'habitude, personne ne comprit pourquoi je fondis en larmes en découvrant les poissons allongés sur le gril. Les jumeaux avaient été missionnés par la mairie pour nettoyer les rives. Gardons, carpeaux et brèmes s'étaient entassés dans la brouette qui avait transporté la croix – depuis que les journalistes parlaient d'elles, les victimes avaient des noms, et c'était plus triste encore. Les responsables de la catastrophe étaient des bactéries mangeuses d'algues qui avaient proliféré au moment de la canicule, provoquant la chute du taux d'oxygène dans l'eau.

Les poissons étaient morts asphyxiés.

*

Fred s'incrustait gentiment, elle ne semblait pas vouloir quitter la ferme. Quand Simon évoquait son départ et la perspective de recevoir une nouvelle woofeuse, elle haussait les épaules. Autant que je reste, disait-elle, comme si c'était la chose la plus naturelle au monde. S'il faut former quelqu'un d'autre, on perdra du temps.

Depuis l'épisode de la rivière, Fred était aux petits soins avec moi. Il n'était plus question que je parte en voiture seule, par exemple, elle avait peur que j'aie un malaise au volant. Elle ne me quittait plus, nous faisions tout ensemble. Et l'amour, dès que nous le pouvions. J'avais envie de la manger, envie de la prendre en moi comme on prend un homme dans son corps, de l'aspirer jusqu'à ce qu'elle fonde. Je ne me reconnaissais pas, je savais demander soudain, dire ce que j'aimais et ce que j'aimais moins.

C'était beau et inquiétant, terriblement exaltant. Un soir je compris ce qui m'arrivait : peu à peu, je m'habituais à l'idée d'une autre vie.

Quand j'en parlai à Fred, elle resta très calme en apparence, mais à l'intérieur je sentais que ça bouillonnait. Changer de vie, c'était quitter Simon, et quitter un lieu que nous avions créé tous les deux. Le lieu de l'enfance d'Anaïs et de Noé. Je devais réfléchir, insista-t-elle, était-ce bien ce que je désirais ?

Frederica le savait parfaitement, ce que je désirais était plus compliqué. Nous remettions toujours au lendemain le moment d'en parler, jusqu'au jour où je trouvai une lettre dans la poche de mon tablier. Sa lecture me bouleversa. Frederica m'expliquait qu'elle avait hâte que la situation soit clarifiée. Elle utilisait des phrases simples, qui ne s'appuyaient pas sur des considérations romantiques. C'était invivable de me partager avec mon compagnon, avec mes enfants, avec la ferme. Même les orties – surtout les orties – passaient avant nous, alors qu'à l'évidence, sans elle, je ne tenais pas debout. J'avais grandi trop vite, mon cœur s'était emballé pour Simon et elle me comprenait, mais aujourd'hui il fallait que je me rende à l'évidence : je n'étais plus la même. Elle comptait, écrivait-elle en guise de conclusion, les jours, les minutes, les secondes, et c'est sur ces mots que commencèrent les heures les plus longues de mon existence.

*

Noé aimait bien le tournant que prenait l'exploitation. Il s'engagea dans la fabrication d'une espèce d'entonnoir destiné à remplir les flacons sans perdre une goutte de parfum. Le dimanche en fin de journée, Simon l'emmenait dans le pré du haut pour lui apprendre à tirer. Il disait de son fils qu'il avait un sacré coup de fusil, comme il aurait dit un bon coup de fourchette. Le mercredi, Noé ne l'attendait pas pour aller s'entraîner. Il était mordu. Dès qu'il rentrait du collège, il enfilait son nouveau pantalon avec des poches à soufflet, silencieux et respirant. Silencieux, m'avait-il expliqué, pour que les animaux ne soient pas alertés par le bruissement du tissu. Il l'avait payé avec ses économies.

La chasse étant fermée jusqu'à la fin du mois de septembre, il visait des canettes accrochées dans les arbres – pas des canettes en chair et en os, des canettes métalliques comme celles qu'il avait utilisées pour les panneaux solaires. Noé revenait à la ferme avec ses trophées troués. Il les suspendait dans sa chambre, sous le globe du plafonnier. Le soir, ses murs étaient piquetés d'étoiles.

Depuis qu'il savait qu'il allait partir en pension, Noé portait à sa chambre une attention nouvelle. Il voulait y laisser sa marque, de telle sorte que, même absent, il serait présent. Il la rangeait, la décorait. Bien sûr, il reviendrait pendant les vacances. À la Toussaint, il tuerait sa première perdrix.

Et moi, à la Toussaint, où serais-je ?

Fred aimerait que je la suive au Japon, c'est son nouveau dada – elle a déjà fait du bénévolat là-bas, ce ne serait pas difficile à organiser. On ira visiter un endroit où les fleurs sont distillées, dit-elle avec enthousiasme. Ils fabriquent des encens dans la région, et des parfums d'ambiance. Le lieu est magique, il y a une source d'eau chaude face à la mer, pour y arriver, il faut passer par un tunnel creusé dans l'argile, tu vas adorer. Des cafards géants te marchent dessus quand tu t'endors sur la plage, ça, tu vas moins aimer, non, je rigole, ils ne sont pas si grands que ça. Il y a des singes aussi, et des jeux de loto où on gagne du liquide vaisselle, et des distributeurs automatiques d'œufs frais aujourd'hui, aujourd'hui, aujourd'hui... Et les meilleures glaces au haricot rouge du monde ! Ça nous changera des sorbets aux orties.

*

Frederica ne lâche pas l'idée de me faire découvrir le Japon. Elle insiste pour que nous fixions une date de départ, mais entre la fabrication des parfums, la préparation du stand et la fin de l'année scolaire, la question se déplace. Au lieu de parler du temps, je parle du lieu.

Pourquoi partir aussi loin ? Un soir, j'établis le lien. Je ne peux plus m'enlever de l'esprit que retourner au Japon est une façon pour Frederica de réparer son passé, comme si elle voulait redresser le paravent japonais, le remettre à sa place, lui et son cerisier, bien planté dans le sol. Elle accueille mon analyse avec gravité, c'est possible, répond-elle, les yeux dans le vague, je crois que tu as raison. Puis elle change de sujet. Son regard retrouve son acuité. Fred comprend très bien que j'aie du mal à me décider. Elle n'a pas l'intention de me brusquer (c'est ce qu'elle prétend). Je peux *à la limite* visiter les parfumeries avec elle fin juillet, et rentrer au Palais fin août pour l'installation de Noé en pension. Elle revient à l'assaut, aimerait une réponse : je lui demande d'attendre la Saint-Rufin, pour voir si la vente des parfums permet d'équilibrer le budget de la ferme. L'idée de partir en laissant les caisses vides m'est insupportable. Aussitôt prononcées, je regrette mes paroles. Fred va m'envoyer promener, la Saint-Rufin, et pourquoi pas la saint-glinglin pendant qu'on y est. Mais non, elle accepte le délai de bonne grâce. L'atmosphère s'allège, on se remet à rire, à se donner des rendez-vous secrets. Dans la ville d'Ito, Fred a repéré un établissement qui emploie souvent des Français, le Café Jean-Luc Godard. La patronne est très accueillante, d'après les woofeurs qui ont travaillé là-bas. C'est une fan de *Pierrot le Fou*, elle connaît tous les dialogues par cœur. Phonétiquement.

Frederica récite en imitant l'accent japonais : *Il y avait la civilisation athénienne, il y a eu la Renaissance, et maintenant on entre dans la civilisation... Dans la civilisation...* Tu donnes ta langue au chat ? La civilisation du cul, bien sûr.

Elle me saisit la main, l'embrasse et demande d'un air faussement inquiet :

— Tu n'es pas choquée au moins ? Si on dit à la patronne qu'on a connu Anna Karina, elle nous engagera illico.

— Mais on n'a pas connu Anna Karina !

— Ah bon ? Moi, je l'ai connue. J'ai gardé son appartement boulevard Saint-Germain. Un triplex.

— Et moi j'ai gardé Buckingham Palace.

Ses joues se gonflent puis laissent échapper l'air bruyamment. Je ne sais pas pourquoi elle fait le clown.

— Tout sera pris en charge sur place, l'hébergement, la nourriture, il faudra simplement payer le voyage, mais ne t'inquiète pas, j'ai de l'argent de côté.

Je ne veux pas que Frederica achète mon billet d'avion, nous en avons déjà parlé, il n'en est pas question. Elle semble comprendre les raisons de mon refus. Elle tord la bouche, relève le côté droit, crispe le gauche, cherche une solution.

— Je vais demander à Marie-Claire, dit-elle enfin. Je suis sûre qu'elle sera d'accord pour nous financer.

Fred parle dans un téléphone imaginaire en roulant des yeux, marquant des pauses pour indiquer les réponses de son interlocutrice.

— Allô Marie-Claire ? Oui, c'est moi... La fée du logis... Non, je ne suis pas chez vous, je suis au Palais avec Nora. On voudrait partir en voyage d'étude au Japon avant de développer notre ligne de parfum, mais nous avons un petit problème d'ordre... comment dites-vous ? Oui, c'est cela, pécuniaire. D'ordre pécuniaire. Vous aussi vous êtes à sec ? Merde Marie-Claire, quand même, vous auriez pu économiser... Et les bijoux dans le coffret (clin d'œil de Fred), c'est du toc ou c'est du vrai ?

Le lendemain au petit-déjeuner, Fred me donne son foulard, celui qu'elle utilise en guise de turban. Elle n'en a plus besoin, me dit-elle, ses cheveux tiennent tout seuls en arrière maintenant. Ils ont poussé depuis son arrivée à la ferme, et changé de texture. Le tissu est plié autour d'un objet de la taille d'une grosse cerise. Je le déplie, la bille s'échappe, je crois qu'elle va tomber, se casser en touchant le sol, mais non : elle reste suspendue dans l'air – il s'agit du grelot.

— Je l'ai cousu avec du fil noir, dit Fred, je n'ai pas trouvé de fil rouge...

Le grelot sonne comme au premier jour. Je place ma main dessous et le fais rouler dans ma paume. Le cadeau de Frederica réveille des souvenirs. J'ai dormi très longtemps avec mon doudou, un tissu léger noué autour d'un anneau. Ma mère m'avait juré sur sa tête qu'il n'y en avait qu'un seul, pourtant je sentais bien la texture qui changeait, certains jours, et l'odeur de lessive. La vérité s'imposa quand mes parents s'installèrent en Espagne. Dans la malle qu'ils me firent parvenir, une malle contenant les affaires que j'avais laissées chez eux, il n'y avait pas un ni deux, mais quatre doudous, comme autant de signes de la prévoyance maternelle. Et de ses mensonges.

Pourquoi ma mère avait-elle juré qu'il n'y en avait qu'un seul, sur sa tête, sa propre tête ? C'est ce qui me trouble en racontant l'histoire à Frederica.

Pour Fred, la question se pose en d'autres termes. Pourquoi mes parents ont-ils laissé les quatre doudous dans la malle ? Quitte à mentir, il aurait été plus délicat, selon elle, de le faire jusqu'au bout.

*

Grandes fleurs, petites fleurs... Malgré la charge de travail qui augmente à mesure que nous nous approchons du jour de la fête, je continue à accompagner Fred chaque lundi chez les voisins. Nous avons l'habitude de garder le ménage de la salle de bains pour la fin, dans l'idée qu'un jour nous utiliserons la baignoire. Mais nous n'utiliserons pas la baignoire. Jamais. Nous ne plongerons pas nos corps dans la mousse aux notes gourmandes de Marie-Claire. Nous n'utiliserons pas non plus son sèche-cheveux avec diffuseur thermostatique ni les peignoirs moelleux suspendus aux crochets. La vie en décidera autrement. La vie, ou Frederica, comment savoir ? Je me demande parfois si elle n'a pas tout prévu, tout organisé avec un coup d'avance, à partir du jour où elle a mis les pieds à la ferme, vingt-quatre heures avant la date annoncée. Je n'arrive pas à m'ôter de l'esprit qu'elle n'est pas venue par hasard chez nous. Et si l'épisode du paravent s'était déroulé au village ? Si le bar où elle avait rencontré les deux jeunes et l'homme plus âgé était celui où Simon va boire son café après le déjeuner ? Dans mes nuits d'insomnie, tout devient possible. Quand j'en parle à Fred, elle me répond à peine, balayant mon inquiétude d'une phrase sans appel. Tu as vraiment, dit-elle, beaucoup d'imagination.

La nuit suivante, je rêve que je m'envole. Une main me secoue, les nuages deviennent plus épais, de grosses boules de coton qui m'empêchent d'avancer – j'ouvre péniblement les yeux. La lampe de chevet est allumée. Simon m'observe. Il paraît que j'ai prononcé des mots incompréhensibles pendant mon sommeil. Je lui raconte mon rêve.

— Il se passe de drôles de choses dans ta tête en ce moment, répond-il doucement. Il faudrait peut-être qu'on recommence à se parler.

— Tu as des choses à me dire ?

— Pas tout de suite, mais bientôt, Nora, on se parlera bientôt. Quand Fred sera partie je te dirai. En attendant, il faut dormir.

Quand Fred sera partie, pensai-je, il sera trop tard. Je nous vois monter dans l'avion, boucler nos ceintures, atterrir au Japon, sans pour autant réussir à imaginer ma place vide dans le lit. Une vague de tristesse m'envahit. En quittant la ferme, c'est moi que j'abandonne. Je me serre contre Simon, j'aimerais que les mots se taisent. Sa respiration s'apaise. Il dort. J'ai mis le réveil à six heures, pour commencer l'étiquetage des flacons. J'attends ce moment avec impatience, le moment de retrouver Frederica. Et le travail qui mange les questions.

XIV

La Saint-Rufin tombait un vendredi. Tout se présentait au mieux. Après moult échanges, et grâce à l'appui de Mireille Delpech, le comité des fêtes avait décidé de mettre l'ortie à l'honneur. Pour le repas collectif, chaque famille apporterait un plat incluant la plante. Comme chaque année, une salve de bouchons annonça l'ouverture des festivités. Un kir royal offert par la mairie était proposé aux convives ainsi que des chips de patates douces et de betteraves saupoudrées d'orties déshydratées qui furent englouties en quelques minutes par les plus téméraires.

Pour le reste, la sangria, les bières et les jus de fruits, il fallait payer.

La vente des boissons était gérée par les pompiers côté autos tamponneuses et côté parquet de danse, près de la fontaine, par l'association Multisport, ce qui créait, d'après Mireille, une saine émulation. Chacun tenait un stand spacieux entouré de petites ampoules multicolores. Le nôtre était situé au début de la rue de l'Église, on ne pouvait rêver meilleur emplacement. Simon avait retrouvé un drap épais ayant appartenu à ses parents que Noé et Anaïs avaient peint à la bombe fluorescente et suspendu derrière la table en guise de décor. Frederica les avait aidés, puis s'était éclipsée sans plus d'explication. Voulait-elle me laisser profiter de ce temps particulier avec mes enfants? Aujourd'hui, je n'en suis plus si sûre. Dans ma mémoire, il y a un pli à cet endroit. Les événements se superposent. Leurs contours sont nets, mais les couleurs se mélangent et j'ai du mal à apprécier la valeur de chaque chose. Malgré les cales placées sous les tréteaux, la table de notre stand semble toujours un peu penchée, et moi aussi je me sens bancale en l'absence de Fred. Je réponds à côté, je suis très maladroite, on met ça sur le compte de la fatigue. Nous avons travaillé jusqu'à trois heures du matin pour boucler les cartons. Simon me trouve petite mine, il m'apporte une chaise de chez la fleuriste.

Heureusement, Anaïs prend les affaires en main. Simon tient la caisse, Noé s'occupe des paquets cadeaux. Les parfums ont beaucoup de succès, je regrette que Fred ne soit pas là pour entendre les réactions des clients. L'odeur fait resurgir des souvenirs d'enfance. Les ailes du nez s'arrondissent, les sourcils montent sur les fronts, comme pour ouvrir grands les sinus. On n'en revient pas que l'ortie distillée puisse évoquer de façon si précise la campagne après la pluie. Il y a des commentaires plus inattendus que j'ai maintenant oubliés, j'aurais dû les noter. Ce que je n'ai pas oublié, c'est l'enthousiasme d'Anaïs quand elle annonce à Fred par téléphone la vente du dernier flacon. Même en baissant les prix pour les habitants du village, nous avons multiplié par trois notre chiffre d'affaires habituel. Après avoir raccroché, Anaïs me lance : Tu as des baisers de Frederica.

Clin d'œil, sourire. L'humeur est au beau fixe.

Avant de quitter le stand, Simon me félicite, comme si c'était moi qui avais eu l'idée des parfums. Chacun son tour de refaire l'histoire. Je lui dis que je vais passer à la maison pour me changer, il ne réagit pas, ne propose pas de m'accompagner. J'espère retrouver Fred, mais elle n'est pas là, et Cheese non plus. Rimbaud dort sur le canapé. Tout semble si calme, la vaisselle séchant sur l'égouttoir, le salon rangé. Je monte à l'étage, même impression de paix. Seuls les vêtements de travail de Simon sont en vrac dans la salle de bains. Ça ne lui ressemble pas. Je dois me retenir pour ne pas les plier.

De retour à la cuisine, je m'assieds devant le poêle. Il n'a pas été allumé depuis plusieurs semaines, le foyer est propre, sans traces de cendres, ce serait dommage de le salir pour rien – et je le salis pour rien, comme si quelqu'un en moi cherchait à me contredire. J'en éprouve une étrange satisfaction. Un sac en papier, des bouchons de liège, une planchette. Quand le tout s'enflamme, j'ajoute quelques branches et, refermant soigneusement la vitre, m'en vais à mon tour. Je porte les habits que nous avons choisis avec Fred. Mon soutien-gorge se devine sous le tee-shirt qu'elle m'a offert la dernière fois que nous sommes allées au marché. Son col ovale, largement échancré, laisse voir les bretelles. Je choisis un châle dans la grande armoire. En passant devant le miroir de l'entrée, je me trouve pâlotte, Simon a raison, mais plutôt jolie.

*

De retour au village, je reprends des couleurs. Ils m'attendent tous les deux, assis près de la fontaine. Cheese a son collier du dimanche, Fred la robe blanche coupée en biais que je lui ai prêtée.

Elle s'éloigne, tourne sur elle-même, la robe s'envole. De petits morceaux de métal brillent de chaque côté, sous les bras, comme pour souligner la finesse de son buste.

— Ça ne se voit pas trop ? demande-t-elle. J'ai rétréci le haut avec des épingles à nourrice.

Puis, sans attendre ma réponse : On va manger ?

Cheese se lève en remuant la queue. Une petite fille passe devant nous avec un poisson rouge dans un sac en plastique. Elle lui parle, l'appelle par son nom.

— Alice, répète-t-elle en détachant bien les syllabes, tu m'entends ? Change de sens si tu m'entends...

— Bien sûr qu'elle t'entend! lance Fred. Mais comment tu sais que c'est une fille?

La petite hausse les épaules. Son papa nous sourit. Elle a gagné le poisson à la pêche aux canards, dit-il fièrement, comme si ça pouvait répondre à la question.

*

Au signal de Mireille Delpech, qui avait, il faut le reconnaître, le don de l'orchestration, gaspachos, tartes, pâtés végétaux, feuilles d'orties farcies à la grecque, polenta, écrasés de pommes de terre, carpaccios sucrés salés, crêpes et surtout cheese-cakes au coulis d'orties envahirent les tables dressées en fer à cheval sur la place de la Mairie. Fred voulait tout goûter, son enthousiasme était contagieux, sauf pour Cheese qui déchanta en faisant le tour des plats. On l'avait habitué à mieux les années précédentes, quand on servait d'immenses pizzas dont il mangeait les trottoirs jusqu'à tomber endormi sous la table. Malheureusement, l'ancien boulanger avait déménagé, emportant avec lui ses recettes. Son successeur, un grand gaillard tatoué à la mâchoire saillante, n'était pas resté les bras croisés. Il avait confectionné pour le repas des miches de trois livres – vu de l'extérieur pas de quoi casser des briques, disait Mireille Delpech qui avait une affection particulière pour l'ancien boulanger. La surprise vint à la première coupe. Les tranches étaient persillées de lignes sombres qui dessinaient le visage de la Vierge. Les orties avaient été travaillées entières, expliqua l'artisan, avec leurs graines, ce qui donnait à ce pain une haute valeur nutritive. L'apparition de la Vierge était un hasard, mais comme tout le monde la reconnaissait, ou plutôt reconnaissait l'image qu'ils se faisaient d'elle, Simon déclara en levant son verre que l'arrivée du nouveau boulanger était un cadeau du ciel. On trinqua à sa santé. Les jumeaux se demandaient si c'était du lard ou du cochon, ils décidèrent que c'était du lard, mieux valait être prudent en matière de miracle. Ils tracèrent des petites croix au-dessus des autres miches avant de les rompre à la main, déchirant au passage le visage imaginaire de la Madone.

Marie-Claire et Gérard s'installèrent à côté de Frederica, comme s'il s'agissait de la chose la plus naturelle au monde. Ils n'avaient visiblement pas compris le principe du repas. Ils avaient acheté au supermarché une flopée de petits pots en plastique ouverture facile remplis de tarama, de guacamole, d'houmous et de tzatziki ainsi que des blinis qu'ils entreprirent de réchauffer quatre par quatre dans le grille-pain de Paul Levroux, l'ancien ouvrier de la papeterie. La fenêtre de sa cuisine donnait sur la place, près d'un petit parking, c'était pratique. Marie-Claire et Gérard avaient dû dépenser une fortune car il y avait beaucoup de pots. L'intention était généreuse, on fit honneur à leurs tartinettes. Paul Levroux se laissa tenter malgré son ulcère, et sa mère que je croyais morte ou à l'hôpital (on ne la voyait jamais, même pour les enterrements) se montra à la fenêtre, joliment coiffée, avec du bleu sur les paupières.

C'était ça, la magie de la Saint-Rufin.

Le banquet se déroula sans accrocs. Anaïs était de l'autre côté de la buvette avec ses copines, elle semblait bien s'amuser. Je la regardais de loin, je l'enviais un peu, j'aurais aimé être à sa table et rire pour un rien. Quand vint le temps des desserts, Marie-Claire voulut aller chercher une caisse de vin dans leur cave, mais Gérard l'en empêcha. Elle ne marchait déjà plus très droit, il n'était pas question qu'elle conduise. Nous avions déjà remarqué avec Fred qu'elle avait *un penchant*, comme on disait dans la presse que l'ouvrier suicidaire avait *des tendances*. Plus qu'un penchant en vérité, une sacrée descente qui força l'admiration de tous.

Il fallait le reconnaître : Marie-Claire, avec une petite exception pour les chevilles, tenait très bien l'alcool. Sa voix restait solide, ses propos articulés, ce qui n'était pas le cas de tout le monde. Quand la dernière miette de cheese-cake fut avalée, les convives étaient fin bourrés, même Noé avait une drôle d'élocution à force de trinquer avec les amis de son père. Ce n'était pas tous les jours qu'on fêtait un chasseur en herbe, et bientôt un nouvel adhérent à l'association. Fred était tendre et volubile – elle le trouvait *trop mignon*. C'est elle qui se dévoua pour aller chercher du café à la buvette, Cheese lui emboîta le pas, puis Simon et Gérard se levèrent à leur tour. Marie-Claire semblait perdue soudain. Elle m'offrit une cigarette. Nous étions là toutes les deux à tirer sur nos clopes en silence. Deux corps de femmes, pensai-je, d'où s'échappe un nuage de fumée. Je me revoyais avec Solange, allongée sur son lit, en train d'écouter les disques de ses parents. Je me revoyais avec Nadia, et Chloé, et Solveig, toutes ces amies d'enfance que je n'avais pas embrassées, parce que je ne savais pas que je pouvais le faire.

— La vie, commenta Marie-Claire en écrasant sa cigarette.

— La vie, confirmai-je, sans savoir très bien à quoi elle faisait allusion.

Fred était de retour, elle posa les gobelets et repartit chercher du sucre. Marie-Claire engagea la conversation avec la fleuriste, assise à la table juste derrière. Elle lui demanda si elle avait repéré des danseurs à son goût, la fleuriste répondit qu'elle n'était pas intéressée. Un instant, j'imaginai qu'elle préférait les femmes. Depuis son arrivée au village, elle attirait mon regard sans que je sache vraiment pourquoi, et si mon attention s'était fixée sur ses oreilles, c'était en vérité tout son être que je trouvais séduisant. Avais-je senti quelque chose ? Comme Marie-Claire insistait, la fleuriste ajouta qu'elle était déjà fiancée.

— Avec un garçon, précisa-t-elle, un garçon...

Je rougis.

— Un garçon que j'aime beaucoup.

Marie-Claire la félicita, et lui prodigua force conseils pour favoriser l'épanouissement de son couple. À l'écouter, la voie royale du plaisir masculin n'était pas celle que l'on croyait. Sur ces considérations mystérieuses, elle nous invita à la suivre au stand des pompiers où Gérard devait l'attendre. Quand elle arriva près de son mari, il la regarda à peine. La voie royale semblait fermée pour travaux.

*

Les musiciens avaient eu un problème de camion, ils réglaient la balance seulement maintenant. On ne s'entendait plus, on avait hâte d'en finir avec les larsens et que le bal commence. Le niveau sonore explosa quand les instruments furent tous branchés, puis il y eut un bruit mat suivi d'un grand silence : Ce n'est rien, assura Balthazar, juste un court-circuit. Les narines frémirent. On regardait autour de soi pour s'assurer qu'il n'y avait pas un départ de feu. Fred avait de nouveau disparu, décidément elle ne tenait pas en place. Je la retrouvai derrière l'estrade, bavardant avec la chanteuse du groupe. Fred lui racontait que dans une autre vie elle avait joué de l'harmonica. C'était son père qui lui avait appris. Chaque soir, ils improvisaient longuement tous les deux, debout face à la mer, c'était un de ses meilleurs souvenirs de vacances.

De l'harmonica ? Je la regardai avec des yeux ronds. La chanteuse applaudit, elle adorait cet instrument. Il y en avait un dans le camion, elle lui proposa d'aller le chercher, mais Fred n'y tenait pas. J'insistai pour qu'elle fasse quelques notes pendant le concert, pour le Palais des Orties ce serait une bonne promotion, mais Fred m'interrompit – Qu'est-ce que tu veux Nora, que je me ridiculise devant tout le village ?

Une créature type western, bottes, minijupe et caraco à franges, vint se joindre à nous.

— Je suis la manageuse du groupe, dit-elle en tirant sur son haut. Et leur masseuse. Et la chauffeuse du camion.

Elle nous donna des cartes de visite avec le numéro où les joindre, si nous avions besoin de leurs services pour une autre occasion. Cookie (c'était le nom de la chanteuse, Cookie Rodriguez) reprit la conversation, elle voulait savoir.

— Alors, demanda-t-elle à Fred, harmonica ou pas harmonica ?

À mon avis, Fred inventait cette histoire pour draguer, je la taquinai à ce sujet.

— Tu vas voir si j'invente. Vous êtes prêts ?

Fred compta en tapant du pied, un, deux, un, deux trois quatre, et se lança dans un solo de blues avec dans sa main gauche un harmonica imaginaire, lèvres ourlées autour de son index pendant que l'autre main faisait caisse de résonance. Elle levait parfois l'annulaire et le petit doigt et les refermait rapidement pour suggérer un vibrato, à ce moment-là son visage se crispait, comme si la musique la blessait. C'est alors seulement que je repensai à l'harmonica en lames de rasoir. Drôle de père qui racontait ce genre d'histoire à sa fille. Fred termina le morceau par un trémolo langoureux, puis, ayant lâché l'harmonica imaginaire, ses mains se posèrent en corolle autour de mon visage. Je résistai, le plus délicatement possible, mais Fred s'obstinait à vouloir faire un rappel avec mes lèvres en guise d'instrument. Elle avait le vin tendre et moi, pas encore assez bu. Heureusement, un musicien venait vers nous. Il ouvrit une grande bouche avec des dents en bazar.

— Vous êtes du staff? J'aurais besoin de quelqu'un pour m'aider à déplacer la batterie.

Il s'était adressé à Fred.

— Je m'appelle Charlie, poursuivit-il en lui tendant une petite main poilue, je suis le mari de Cookie. Et toi?

— Fred.

— Ça ne t'embête pas que je te tutoie?

Ça ne l'embêtait pas, elle était même assez flattée qu'on la prenne pour une des organisatrices du concert et laissa tomber l'idée de m'embrasser. Il cherchait quelqu'un de costaud? Elle avait ce qu'il lui fallait. Quelques minutes plus tard, les jumeaux étaient à l'ouvrage. Balthazar travaillait à contrecœur, il aurait préféré rester sur le stand des pompiers, mais comment refuser ? Il se détendit un peu quand il s'aperçut que son frère et lui étaient au centre de l'attention. Leur prestation fut acclamée, encore quelques réglages et le bal, enfin, put commencer.

*

Les réverbères de la place s'éteignirent progressivement, puis les projecteurs s'allumèrent, donnant à l'estrade un air de scène antique. La voix de Cookie suscita l'engouement du public dès les premières mesures. La musique sonnait bien, l'ensemble était réjouissant, le village bientôt, toutes générations confondues, bougea au rythme des baguettes de Charlie. Le maire dansa la salsa avec Mireille Delpech, une ronde se forma autour d'eux. Elle se brisa quand un petit garçon sur les épaules de son grand-père passa dans le cercle en criant : *À fourtiyi ! À fourtiyi !* Un autre qui lui ressemblait traçait une marelle à la craie dans un coin. Il avait mis la terre en haut et le ciel à ses pieds. Fred insista pour que je la rejoigne sur la piste. Je surveillais les épingles à nourrice, ça avait l'air de tenir, mais pour combien de temps ? Une rouquine se faufila avec un plateau rempli de tomates cerises assorties à ses cheveux. Je la perdis de vue. Quand elle réapparut, le plateau se balançait au bout de son bras. Nos regards se croisèrent, je lui souris, je n'avais plus envie d'être invisible, plus envie de me cacher, voilà ce que Frederica m'avait appris, que les regards aussi pouvaient être généreux.

Après le premier set, Mireille Delpech annonça une pause de vingt minutes. Une queue se forma devant la buvette du club Multisport.

— Ton ami est derrière, me prévint Fred à voix basse.

— Qui ça mon ami ?

— Mathias Melteron-Desplanques, répondit le médecin en se glissant à côté de Fred.

Comme l'attente s'éternisait, il lui raconta qu'il avait été fou de moi, et puisque c'était le soir des confidences, révéla que nous avions passé une nuit ensemble. Il parlait sans me regarder, comme si je n'étais pas là. Fred me consulta d'un air incrédule. J'étais exactement son type de femme, disait encore Mathias, il m'aurait offert une vie de reine. Si je l'avais écouté, je ne passerais pas mes journées les pieds dans la boue.

— À croire que cette folle nuit d'amour ne l'a pas convaincue, ironisa Frederica d'un air compatissant.

Mathias serra les dents. Je demandai à Fred si elle savait où était Simon, je ne l'avais pas vu depuis la fin du repas, elle leva les yeux au ciel. Décidément, j'accumulais les bourdes. Simon devait être avec Noé au stand de tir en train de rafler tous les lots, et en effet peu de temps après ils apparurent précédés de deux grosses peluches qu'ils tenaient fièrement devant eux, dont un Mickey taille humaine que Noé me colla dans les bras.

— Touche son ventre, maman, c'est super agréable, c'est des microbilles.

Je touchai. Super agréable, en effet. Je pensai au couvre-lit de la chambre d'enfant – cette histoire nous poursuivait. Mickey avait un nœud à pois sur le haut de la tête et des gants de boxe. Il portait une robe, je trouvais ça joli, et ce n'est que plus tard, quand la peluche monta sur scène, que je compris qu'il ne s'agissait pas de Mickey, mais de Minnie. Fred s'en était emparée et toutes deux se dandinaient sur un air de reggae. Noé était aux anges, il dansait à côté avec ce talent particulier qu'il avait depuis tout petit, cette façon de dissocier les différentes parties de son corps, d'accélérer, de ralentir, il était vraiment doué. La seconde peluche, un lion neurasthénique qui avait déjà dû faire deux fois le tour de France des fêtes patronales, n'eut pas les honneurs du village. Sa crinière retombait en paquets dans les billes de verre qui lui servaient de regard. Simon le tenait sans conviction sous le bras comme un ballot d'orties sèches.

*

Frederica dansait avec tout le monde, hommes, femmes, enfants, sauf avec moi. Elle ne cherchait même plus à m'inviter. Elle n'avait pas digéré ma question à propos de Simon. Charlie se lança dans un solo de batterie étourdissant. Gérard le filmait avec son téléphone.

— Je me demande, dit-il à la fin du morceau, ce qu'il vient faire dans ce trou.

Sans doute Charlie était-il célèbre. Marie-Claire protesta.

— Pourquoi tu dis que c'est un trou ?

— Parce que c'est un trou.

Marie-Claire le traita d'imbécile, tout bas, manque de bol Gérard l'entendit. Il en avait assez de ses commentaires. Au repas, elle s'était ridiculisée en proposant d'aller chercher une caisse de vin, comme si celui du bar était de la piquette, et plus tard, elle avait remis le couvert avec le boulanger.

— Qu'est-ce que j'ai fait avec le boulanger ?

— Ta remarque à propos de la Vierge, c'était franchement déplacé.

J'aurais bien aimé savoir ce qu'elle avait dit à propos de la Vierge. Marie-Claire était capable de tout, ça la rendait attachante à force. Je la revoyais poussant son caddie, dans l'allée du supermarché, sa manière un peu fausse de nous parler, et une autre fois, à la poste, quand elle avait demandé à Melchior s'il se rasait les poils des bras ou s'il était comme ça sur tout le corps. Dans le même registre, sa voix trop forte quand elle avait goûté le pesto d'orties – Chéri, on en achète trois pots, qu'est-ce que tu en penses ? Ce pesto, c'est une *tuerie.*

Ces deux syllabes qui sortent de sa bouche lorsqu'elle est exaltée : tuerie. Avec Marie-Claire, la mort n'est jamais loin.

*

Fred semblait enfin se souvenir que j'étais là. Elle me fit de grands signes pour que je vienne la rejoindre sur la piste. Je croisai Mathias qui me proposa de danser avec lui, son obstination était remarquable, je me demandai où il trouvait le courage de se confronter ainsi, chaque fois, à mes refus. Qu'avait-on mis dans son biberon pour qu'il supporte aussi bien d'être rejeté ? Ne doutait-il jamais de lui, de sa force de séduction ?

— Si tu changes d'avis, lança-t-il en s'éloignant, je suis aux autos tamponneuses avec Anaïs. Ta fille, au moins, elle sait s'amuser.

Fred était repartie dans une danse lascive avec un groupe de femmes qui suivaient les mouvements de ses bras. Je bifurquai vers la buvette, la réflexion de Mathias ne passait pas. J'avais envie que cette soirée se termine. Je bus un verre de vin, très vite, pour qu'il fasse de l'effet, et en commandai un autre. Cookie annonça le premier rappel, il y en aurait un deuxième sans doute, puis nous rentrerions à la maison. Fred me demanderait comment je voyais les choses, maintenant que la Saint-Rufin était derrière nous. Au pied du mur, je lèverais la tête et je serais obligée de pencher le buste en arrière pour en distinguer le sommet. Alors, je plierais les genoux, je prendrais mon élan. Pas pour plonger, non, pour m'envoler avec Frederica. Nous laisserions la ferme en bas, comme dans mon rêve, son toit d'ardoises neuves et les autres de guingois. Le toit peint en bleu de la niche, un peu plus loin celui du fenil, ondulant sous la mousse, et tout autour le grand aplat des champs d'orties. Je nous voyais planer en nous tenant la main, personne ne pourrait nous arrêter.

Une tape sur l'épaule m'interrompit en plein vol. Fred était derrière moi, elle voulait me montrer quelque chose.

— Viens, insista-t-elle, j'ai besoin de toi.

Après s'être assurée que personne ne nous suivait, elle m'entraîna jusqu'au petit parking en bordure de scène, près de la maison des Levroux. Je crus que le compte à rebours avait expiré, qu'elle allait me poser un ultimatum, mais non, elle m'attira dans la pénombre et commença à me caresser. J'étais soulagée, une mollesse qui venait par l'arrière des jambes. Pendant toute la soirée, j'avais repoussé ce moment, par discrétion, par peur, par quoi encore ? L'alcool aidant, je me laissai aller dans les bras de Frederica. Ses lèvres frôlaient mes joues, mes tempes, mon cou. Elles glissaient sur mes lèvres, les quittaient, c'était délicieux et insupportable cette façon de se dérober. Frederica s'approcha encore, l'intérieur de sa bouche était chaud et mouillé, je l'embrassais comme j'aurais aimé embrasser son sexe, libérant en quelques secondes toute la tension accumulée. Enfin, murmura Frederica, j'ai cru qu'on n'y arriverait jamais. Comme pour souligner l'importance de ses mots, la guitare se tut, suivie du clavier, et ne resta plus que la voix de Cookie accompagnée par les percussions. Elle monta dans les aigus et redescendit d'un coup, comme si elle allait chercher les notes au fond de son ventre. C'était si beau que j'avais envie de chanter avec elle. Et je chantais avec elle, les paroles nous parvenaient par bribes, je les répétais à l'oreille de Frederica. Une salve d'applaudissements marqua la fin du concert. Fred avait les yeux fermés, elle ne pouvait pas voir les danseurs qui revenaient vers les tables, et la lumière qui basculait, comme au début, mais à rebours. Le temps se rembobinait. D'abord les projecteurs s'éteignirent puis les réverbères de la place commencèrent à se rallumer en clignotant, jusqu'à éclairer de nouveau les tables. Encore un peu et on pourrait nous voir. Je m'éloignai de Frederica.

— Je t'ennuie ? demanda-t-elle en se rapprochant. Dis-moi la vérité...

*

Le premier gloussement de poule nous atteignit par-derrière, suivi d'un rire visqueux. Fred fit volte-face comme si elle attendait cet instant depuis le début de la soirée, que c'était pour lui qu'elle était là, sur le parking, à m'embrasser. Sa réponse était prête, elle jaillit d'un trait.

— Va mourir, espèce de connard !

Mon châle avait glissé par terre, je le ramassai, cherchant des yeux qui avait imité le cri de la poule. Il ne s'agissait pas d'un connard tout seul, mais d'un groupe de petits cons d'âge plutôt avancé debout près de la maison des Levroux. Leurs têtes ne me disaient rien, ils n'étaient pas du village, cette constatation me soulagea. Frederica glissa son bras autour de ma taille. Il y eut des sifflements, d'autres bruits de basse-cour, ils s'en donnaient à cœur joie, battant des ailes en calant leurs mains sous les aisselles. Un homme venait vers nous, je reconnus le nouveau boulanger. Il essaya de calmer le jeu et ce fut à son tour d'être insulté. Il nous conseilla de nous rapprocher des tables, mais Fred ne l'entendait pas ainsi. Non, elle ne voulait pas aller gentiment s'asseoir, elle était très bien là où elle était, avec moi, elle ne voyait pas pourquoi nous aurions dû bouger, c'était aux autres de se barrer. Le boulanger alla parler aux fameux autres qui, dès qu'il fut reparti, revinrent à la charge, insidieusement cette fois, à voix basse. Heureusement que Noé et Anaïs étaient aux autos tamponneuses. On allait dire que leur mère était gouine, je sentais que le mot n'allait pas tarder à sortir, et le voilà qui débarquait en fanfare.

Contre toute attente, il ne venait pas des petits cons, mais de la bouche de Mathias. Le médecin brandissait une bouteille de vodka. Je comprends mieux, bégayait-il en titubant, pourquoi elle m'a toujours repoussé. C'est une gouine, répétait-il en articulant exagérément, comme si les lettres avaient un sale goût, une gousse, une gougnasse, une goudou, une brouteuse de minous !

Fred lui ordonna de fermer sa gueule. Je lui répétai que le boulanger avait raison, qu'il fallait qu'on bouge, j'étais désolée, alors l'agressivité de Fred se retourna contre moi. Il n'y avait pas de raison d'être désolée, et pourquoi pas navrée pendant que j'y étais ? Quelques danseurs, attirés par les éclats de voix, s'approchèrent. Fred n'écouta pas ma réponse. Le groupe des petits cons s'était reformé un peu plus loin et l'avait traitée de quoi, de quoi vous m'avez traitée, cria-t-elle, de métèque ? Vous savez au moins ce que c'est qu'un métèque, ou c'est juste un truc comme ça qui vous est venu à l'esprit par hasard ?

Fred était prête à les affronter tous, poings en avant, prête à en découdre. L'un des garçons avec une raie au milieu et la nuque rasée alluma un pétard et le lança vers nous. Cheese sortit de nulle part et se mit à aboyer en montrant les crocs. Un autre pétard éclata près de lui, le chien se vengea sur le premier mollet à sa portée, malheureusement c'était celui de Balthazar qui arrivait avec son frère et le boulanger. Fred lui ordonna de le lâcher, il n'allait pas s'y mettre lui aussi, ce clébard de merde. Une voix inconnue s'éleva.

— Tu fais comme tu veux chez toi, mais ici, on respecte les animaux.

— Chez moi ?

Frederica rugit. Elle était partie dans un autre monde, relayant une colère ancestrale. Je vous emmerde, hurlait-elle en direction du dernier qui avait parlé – et non seulement elle les emmerdait, lui et les autres, mais elle baisait leurs femmes, et elle les baisait eux par la même occasion, parce que c'était bien ça qu'ils voulaient, pas vrai ? La baiser. Je ne sais pas combien de fois elle prononça le verbe, il sortait en cascade de sa bouche comme les serpents des contes, les rats morts, les crapauds, on ne pouvait plus l'arrêter. Mathias profita d'un silence pour reprendre sa litanie, tirant de sa mémoire tous les mots qu'il connaissait pour dire les amours féminines, les inventant au besoin.

Quand Fred le traita de minable, la tension monta d'un cran : il posa la bouteille de vodka par terre, Melchior releva ses manches. Balthazar fit craquer ses jointures, la bagarre semblait inévitable. La fameuse bagarre de la Saint-Rufin, celle qu'on n'avait pas vue depuis des années. Une bagarre fin de bal, comme au bon vieux temps, quand la fête se déroulait sur le terrain de foot. Les jumeaux allaient cogner, oui, c'était tout ce qu'ils trouveraient à faire pour nous prouver leur affection. Ils allaient cogner Mathias, ils cogneraient les petits cons, et se vengeraient en cognant de toutes les humiliations qu'ils avaient essuyées. Bons à tout faire, corvéables à merci, ils savaient ce qu'on pensait d'eux, qu'ils dormaient dans la même chambre, et pourquoi pas dans le même lit, qu'ils avaient de gros muscles mais un petit pois dans la tête. Semi-déficients, disait leur grand-mère avec son accent italien, c'était contre tout ça qu'ils allaient cogner, et les autres en profiteraient, ceux du dehors, ceux qui étaient venus au village pour se défouler, à six dans une bagnole. C'étaient eux, les meilleurs adversaires. Quand ils disparaîtraient, le village serait lavé. Déchargé de la violence qui l'habitait en sourdine.

*

Plus tard, on racontera. Plus tard, on confrontera les versions. On pourra dire : j'étais là, même si on n'a rien vu, et qu'on ne sait pas si le baiser a vraiment eu lieu. Bien sûr, on voyait pire à la télé, mais si on commençait à agir dans la vie comme dans les séries, on n'allait pas s'en sortir. En attendant, on n'en perd pas une miette. Une femme se détache, c'est la sœur de Mathias, elle vient le chercher, et comme son frère résiste, elle lui flanque un coup de coude dans le plexus. Le médecin, plié en deux, est conduit à l'écart. Il continue à m'insulter avec le peu de souffle qui lui reste – ça la fout mal devant ses patients. Puis Simon apparaît. Il marche vers nous droit et décidé, sans donner l'impression de presser le pas, mais allant vite pourtant, lançant ses longues jambes à notre secours. Il ne va pas frapper quand même, ce n'est pas son genre, mais qui sait ? La situation est exceptionnelle. Il s'arrête devant les jumeaux et leur demande de se calmer. Enfin, il s'approche de Fred. Elle baisse les poings en signe d'apaisement, les épingles lui entrent dans la peau. Elle grimace, et Simon le prend pour lui. Du haut de son mètre quatre-vingt-quinze, il l'oblige à reculer. Il la repousse du plat de la main, respectueusement, sans violence. Il ne la déteste pas, non, ce n'est pas ce sentiment qui se dégage de son geste. Il veut juste la sortir du cercle. Qu'elle prenne le large. Qu'elle se retire.

Il l'entraîne à l'écart, et je les suis. Frederica écoute Simon, lèvres serrées. À ce moment-là déjà, sa décision de partir est prise, je le sais, je le sens à la façon dont elle évite mon regard.

— Si tu penses que je n'ai pas compris ce que vous faisiez toutes les deux près de la rivière, dit Simon d'une voix tremblante. Tu crois que j'ai quoi, là, dans mes yeux ? De la purée d'orties ? Il y a des frontières à ne pas dépasser, Fred, et ces frontières, ce sont les limites de la ferme. Dehors, on doit se tenir, il ne t'a pas appris ça ton père ? Je suis sûr qu'il serait d'accord avec moi. Alors maintenant tu vas chercher tes affaires, ton sac à dos et tes shorts, et tu t'en vas. On n'a plus besoin de toi à la ferme.

Fred accuse le coup. Si l'on n'a plus besoin d'elle son monde s'effondre. Simon essaie d'attraper Cheese par le collier, histoire de clore le débat, mais le chien grogne, il montre les dents :

sa servilité a changé de camp. Simon le lâche, il essuie sa main pleine de bave sur son pantalon. Qu'importe. Un chien perdu, incapable de se tenir tranquille à la chasse, qu'elle l'adopte si ça peut la consoler.

*

Ce que j'ai fait pendant ce temps-là ? Rien. Je n'ai rien fait. J'étais paralysée. C'est donc ça, avoir un mari, devaient se dire les gens qui nous entouraient, avoir quelqu'un qui vient te prendre par le poignet et qui te ramène à la raison. Mais Simon ne m'avait pas prise par le poignet, c'est moi qui l'avais retenu. S'il renvoyait Fred, il me perdait. J'allais partir avec elle, voilà ce que je voulais lui dire, mais au lieu de ça, je restai muette, incapable de prononcer un mot, et Simon me répéta, comme il l'avait fait à la maison, le matin où j'avais raconté de drôles de choses dans mon sommeil : Il faut qu'on se parle, Nora.

Il ajouta qu'il connaissait ce genre de fille. L'espace de la ferme devenait trop étroit pour elle. Un jour ou l'autre, ça devait exploser. Fred ne supportait pas d'être attachée.

Je le regardai hébétée, je ne comprenais pas ce qu'il cherchait à m'expliquer. Je bredouillai quelques mots, il fallait que je réfléchisse, il fallait que je boive un verre d'eau, à cet instant de ma vie les deux choses étaient de valeur égale. Je regardai autour de moi, Fred avait disparu.

Je m'éloignai en direction de la fontaine, et Simon ne fit rien pour me retenir. Ceux qui avaient assisté à la scène s'écartaient sur mon passage, on ne voulait pas rendre les choses plus embarrassantes qu'elles ne l'étaient déjà. Seule une vieille dame m'emboîta le pas. Ses sourcils étaient dessinés au pinceau, en accent circonflexe. Je dus ralentir l'allure pour entendre ce qu'elle disait. Ces garçons qui nous avaient agressés, elle les connaissait, des fouteurs de merde. Il ne fallait pas se laisser abattre pour ça, j'avais bien le droit d'aimer qui je voulais.

Elle cligna de l'œil, ses sourcils dansaient. Je la remerciai. Le mot prononcé par le petit garçon sur les épaules de son grand-père me revint à l'esprit.

— Vous savez ce que ça veut dire, *à fourtiyi*?

— *À fourtiyi*? Attendez, attendez... C'est une position du *Kama-sutra*?

Elle rit en cachant ses dents, se tamponna le coin des yeux avec son mouchoir, de petits coups secs pour ne pas abîmer son maquillage. Ses doigts gainés de veines se posèrent sur mon bras.

— Vous me reconnaissez au moins ? Je suis la mère de l'ancien boulanger, c'est moi qui vous ai vendu la caravane. Elle en a vu, cette caravane, si vous saviez...

Elle émit son rire de souris. Un jeune homme s'approcha de nous, il avait l'air soulagé de retrouver la vieille dame. Il s'excusa. Elle ne vous a pas trop ennuyée ?

*

Le téléphone de Frederica passe directement sur boîte vocale. Je lui laisse un message, lui donnant rendez-vous à l'arrêt de l'autocar. J'aimerais prononcer des mots tendres, l'embrasser au moins avant de raccrocher, mais je n'y arrive pas. Je l'entends répéter : baiser, baiser, baiser, et ce mot me dérange. Je traverse le village, les gens doivent se demander où je vais car la ferme est de l'autre côté. Je m'assieds sous l'abribus. La lune est presque pleine, ce n'est pas très joli, il manque un croissant sur le côté droit. Je ne me sens plus la force de rien.

Le premier bus part à six heures dix, encore presque quatre heures, d'ici là, où qu'elle soit, Fred aura le temps de me retrouver, même si elle n'a pas eu le message. Je repense aux types qui nous ont insultées, leur façon de se tenir sur une jambe, de se coller des bourrades en buvant des bières, j'ai peur soudain, et s'ils passaient sur la route ? Je quitte l'intérieur de l'abri et me cache derrière. Il y a un peu d'herbe, je m'allonge sous mon châle, collée contre la paroi. Je revois Mathias posant sa bouteille de vodka par terre. Entre le mot *pute* et le mot *gouine*, dans son esprit, lequel était le plus dégradant ? Et dans l'esprit des autres, *métèque* ou *salope* ? J'avais entendu *vicieuse* aussi entre deux gloussements, c'était presque mignon.

Je m'imagine à l'aéroport, achetant un billet pour Tokyo, mais avec quel argent ? J'ai l'impression de flotter dans un monde trop grand, je me recroqueville, j'ai froid. Je pense au poisson de la petite fille cherchant les bords rassurants du sac en plastique. J'entends sa voix, Alice, appelle-t-elle, Alice ! L'eau fait loupe. Les effets de l'alcool commencent à s'estomper. Le sommeil me prend par surprise. Je rêve que j'ai retrouvé Frederica. Son visage est barbouillé de vert, un visage sans expression qui me dit d'un ton détaché, avec les lèvres légèrement décalées, comme si elle parlait en play-back : Mais qu'est-ce que tu crois, que je vais faire ma vie avec toi ?

XV

Je me réveille au passage de l'autocar, le dos toujours calé contre l'abri. Personne ne monte, personne ne descend, le véhicule s'est arrêté pour rien. Mes oreilles bourdonnent, j'ai mal aux jambes, une barre à la place du front. Simon a appelé pendant que je dormais, puis Anaïs, mais aucune nouvelle de Fred. Je lui laisse un nouveau message : si elle veut me voir, je l'attendrai à la boulangerie. Je marche mécaniquement, remonte la rue principale. Une masse est allongée devant le magasin de fleurs, j'ai peur soudain, et si Fred, et si les petits cons, je cours : il s'agit du lion en peluche, abandonné devant le rideau de fer. Quelqu'un a pissé sur sa tête, sa crinière est mouillée, l'urine marque le trottoir. Je suis prise d'un nouveau mouvement de panique. Cette peluche, c'est bien Simon qui l'a gagnée au stand de tir, pourquoi ne l'a-t-il pas rapportée à la maison ? Et s'il était monté chez la fleuriste ? Ma gorge se serre, les images se mettent à enfler. Lui qui aime tant que tout soit à sa place, les roses avec les roses, les cuillères avec les cuillères, a trouvé la partenaire idéale, et que je t'aide à piquer les fleurs dans la mousse des couronnes, et que je suce le lobe de tes divines oreilles, *à fourtiyi, à fourtiyi!* Et que j'y plante des mots d'amour, loin du Palais si mal nommé. Boire un café au village, c'est ça. J'avais tous les indices pour imaginer ce qui était en train de se passer, ils défilent devant mes yeux en tenue de parade. La gentillesse même de Simon à mon égard est un signe qui aurait dû m'alerter.

Alors, la conversation avec Marie-Claire à la fin du repas collectif me revient à l'esprit. La fleuriste lui a dit qu'elle avait un ami. Non, pas un ami : un fiancé. Elle n'aurait pas employé ce mot pour parler de Simon. De toute évidence je me fais des idées, le fameux bourrichon que je me monte. J'ai toujours été comme ça, à inventer le pire. Le danger s'éloigne. La brume matinale adoucit les couleurs; le gris-bleu des ardoises, le noir des collines, les ocres des murs s'estompent à mesure que gagne le jour. Fred applique de l'argile sur l'aile blessée de la corneille. Avec le même soin, la même détermination, elle glisse ses doigts dans mon sexe. Je nous revois distillant les orties avec notre matériel à deux sous, comme des petites filles qui, en cachette des parents, préparent une potion magique. Nous avons inventé toutes sortes de mots pour nous désigner. Des noms stupides, des noms charmants, il n'est pas possible que ces noms ne servent plus à rien. Je vais retrouver Fred, nous partirons ensemble au Japon ou ailleurs, oui, mais pas tout de suite, comme dans la chanson. Pas trop vite. Il faut d'abord que je parle à Simon et aux enfants qui ne sont plus des enfants.

Je regarde autour de moi : je ne reconnais rien. Je ne suis pas où je croyais être, j'ai dû prendre la rue de la poste puis continuer tout droit vers le Restaurant du Moulin au lieu de tourner. Je me sens perdue, comme quand j'étais petite, devant la porte fermée de la maison familiale, le soir où mes parents ont oublié de me laisser les clés. J'attends leur retour, assise derrière la citerne de gaz. Quand mes parents poussent la grille, je sors de ma cachette tête basse, comme si c'était moi la coupable. Ma mère me couvre de baisers, mon père me serre dans ses bras.

Mes parents devenaient très tendres quand ils étaient en faute, on aurait dit que ça les excitait de me voir pleurer.

*

Une odeur de pain qui cuit, la lumière d'un néon, j'ai l'impression de me réveiller d'un cauchemar. L'impression de sortir du pli. Le boulanger me fait entrer par la porte de service, son bon regard me réchauffe d'un coup. Quelques minutes plus tard, il me tend un verre d'eau dans lequel se dissout un comprimé effervescent.

— Vous avez passé la nuit dehors?

— Ça se voit tant que ça...

Il porte le même calot que moi quand je travaille en cuisine et un débardeur largement échancré. Ses tatouages se poursuivent dans son dos pour former deux grandes parenthèses. Je lui demande s'il sait où je peux trouver Frederica.

— Fred?

Il marque une pause, je l'encourage en souriant, comme si tout cela n'avait pas d'importance. Je ne sais pas où je puise la force de déguiser mon inquiétude.

— Elle est partie avec les musiciens, raconte-t-il, rassuré par mon sourire. Ils sont passés ici avant de prendre la route. Ils avaient faim.

Le boulanger s'essuie les mains, ramasse quelque chose près de la balance. Pendant que les autres mangeaient, Fred était retournée à la ferme pour récupérer ses affaires. Sa robe était déchirée sous les bras.

— Je lui ai donné ma chemise, raconte le boulanger. Elle a laissé le chien dans le camion. Je ne savais pas que c'était son chien...

— Ce n'est pas son chien, c'est celui de mon fils.

— Je suis allé lui donner à boire, il n'a pas essayé de sortir, il était couché en rond sur son blouson, il n'a même pas levé la tête. Fred est revenue avec son sac sur le dos, elle s'était changée. Elle m'a embrassé pour me dire au revoir. Ça m'a étonné, on se connaissait à peine.

Juste bonjour, bonsoir, comme ça, quand elle venait acheter le pain. Elle m'a remercié d'avoir pris sa défense, hier, au bal. Elle avait l'air émue en me rendant ma chemise. Elle m'a demandé si elle pouvait utiliser un morceau du papier qui sert à emballer les gâteaux.

Le boulanger me tend un bout de feuille plié en quatre. Il y a mon nom dessus. Nora, avec un A plus gros que le R et un trou à la place du O. Le stylo a transpercé la mince pelure.

— Elle vous a dit où elle allait ?

— Non, aucune idée. Ils sont tous partis en me faisant des grands signes de la main par les fenêtres du camion, comme s'ils quittaient un frère. Si j'avais pu, je serais monté avec eux. C'est dur ici, vous ne trouvez pas ?

— Dur ?

Je hoche la tête. Je n'ai jamais vu les choses sous cet angle.

*

La brume s'est dissipée. J'attends d'être dans la rue pour déplier le message de Frederica.

D'un côté, elle a écrit : Ne me cherche pas.

De l'autre, en dessous de mon prénom : Je t'aime.

*

Charlie décroche le téléphone dès la première sonnerie, à croire que Sainte-Germaine, qui succède à Rufin dans la ronde des jours, est la patronne des lève-tôt. Le batteur se souvient de moi, bien sûr, Nora, la belle Nora, il n'est pas surpris d'entendre ma voix. Oui, en effet, mon amie a voyagé avec eux. Non, il ne peut pas me la passer, elle n'est pas chez lui. Il me raconte qu'elle a profité d'un arrêt du camion pour aller aux toilettes. Il s'est demandé pourquoi elle prenait son sac. Ils l'ont attendue une dizaine de minutes sur le parking et comme elle ne revenait pas, ils sont allés voir dans la station-service. Les toilettes étaient vides. Selon le caissier, la jeune femme était partie avec une autre voiture.

Fred a emporté son sac, conclut Charlie, mais elle leur a laissé le chien, si je pouvais venir le récupérer, ça les arrangerait bien car il refuse de quitter le camion, grognant et montrant les dents dès qu'on veut l'approcher. Impossible de décharger les instruments.

*

Les orties sont des plantes rudérales, du latin *rudus, ruderis,* décombres. Comme la pensée tricolore, le mouron des oiseaux, le chardon ou les pissenlits, elles aiment les friches, les terres abandonnées et, de manière plus générale, s'installent sur des sols sans compétition, souvent altérés par la main de l'homme. Leur cycle de vie est court, leurs propriétés innombrables. Fred n'était pas arrivée seule au Palais, elle était venue avec son histoire, et son histoire s'était répandue sur nous comme les orties prospèrent en terrain perturbé. Ensemble, nous avions réussi à repousser le passé. Les insultes des hommes avaient ravivé la douleur. Fred repartie, l'espace se dégonflait. Le sol ne tenait plus, il faisait des ornières, des bosses molles qui s'enfonçaient sous mes pieds. Fred écrivait qu'elle m'aimait, mais elle écrivait aussi qu'il ne fallait pas que j'essaie de la retrouver, autant dire à mon cœur de battre et de s'arrêter de battre en même temps.

Je passai par la route d'en bas, longeai un premier champ d'orties puis un deuxième. Les plantes étaient hautes et vigoureuses, le ciel tendu de bleu. Je trébuchai sur une pierre. Je ne pouvais plus continuer, la raison marquait le pas, il me fallait quelque chose de plus fort que moi pour échapper au départ de Fred. Certaines décisions s'imposent sans que l'on ait son mot à dire. J'allais me déshabiller, poser mes affaires bien en vue, avec mes chaussures dessus, et entrer dans le champ comme on entre dans une eau très froide. Je retiendrais ma respiration. Des centaines d'aiguilles minuscules viendraient s'enfoncer dans ma peau. L'image de Frederica me donnerait la force d'avancer. Frederica, faisant grimper les abeilles sur son index pour les libérer. Frederica, son ventre plat, presque creux, et sa façon de décoller les mouches du tortillon en leur arrachant les pattes au passage. Je n'allais pas mourir, les orties n'ont jamais tué personne, pas même dans les légendes. Je serais juste transformée en torche vivante, les jambes en feu, le ventre boursouflé, ne sachant ce qui était le plus douloureux, la vision du lion devant le rideau de fer, celle de Fred montant dans le camion ou les brûlures de celle qui était encore moi, pauvre sainte de pacotille, offrant son corps aux orties. À bout de forces je me laisserais tomber, la tête dans les bras pour me protéger le visage. Ça durerait longtemps. Si personne ne venait me chercher, je me ramasserais toute seule, me penchant sur moi-même comme si j'étais une autre. Je retrouverais mes habits sur le bord de la route et, dans ma poche, pas des cailloux, non : une petite boule de papier froissé.

Le bruit d'une voiture vint interrompre mes divagations. Je m'essuyai les yeux, je ne voulais pas me montrer à Simon en train de pleurer. J'étais sûre que c'était lui. Il allait freiner, baisser la vitre et me dire de sa voix douce : C'est fini, ma chérie, c'est fini. Un instant je me demanderais ce qui était fini, si c'était nous, ou si c'était la douleur. Il poserait un doigt sur mes lèvres pour m'obliger à me taire. Nous serions à égalité désormais, chacun avec ses secrets. Le champ était libre, terriblement libre, il n'y avait plus de barbelés pour me retenir à la ferme, juste la mémoire des fils incarnée par ces piquets de bois plantés dans la terre comme les bougies d'un grand gâteau d'anniversaire.

La voiture me dépassa, ce n'était pas Simon au volant, mais Marie-Claire. À ses côtés Gérard parlait en agitant les mains. Je crus qu'ils allaient s'arrêter – ils ne me virent même pas. Une baguette de pain roulait sur la plage arrière. Un froissement dans les arbres me fit lever la tête : c'était le temps des corneilles, l'heure où elles sortaient de leur repaire nocturne pour aller dans les champs. En passant au-dessus de la route, elles se mirent à crier, une d'abord, puis toutes ensemble. Peut-être avaient-elles peur de nous, de notre aptitude incompréhensible à les décrocher du ciel.

La cloche de l'église sonna les heures. La vie continuait, voilà le plus étrange. Ma vie et celle du village. Mon dos se tenait droit. Mes pieds se plaçaient l'un devant l'autre et mon corps se rapprochait de la ferme. C'est là qu'il avait envie d'être. Là qu'il me conduisait, parce que là-bas, entouré d'orties, il se sentait chez lui.

Des orties sans états d'âme. Sans chagrins d'amour.

Anaïs m'attendait, assise devant la porte de la maison. Elle se leva en me voyant arriver dans la cour. Son inquiétude se lisait à la façon dont elle m'accueillit, comme si de rien n'était. Je bredouillai quelques explications, elle ne me laissa pas finir ma phrase. Pour la bagarre, elle était au courant, son père lui avait raconté. Et pour le reste, elle savait déjà.

— Tu savais quoi ?

— Je savais, pour Fred et toi. Je t'ai vue avec elle dans la caravane, le jour de la fête des Mères.

Je n'en revenais pas, Anaïs avait prononcé ces mots calmement, comme si c'était la chose la plus naturelle au monde.

— Et ton père, ajoutai-je, tu sais où il est?

— Déjà au travail. Il a dormi dans la caravane.

Je lui demandai si elle en était sûre, elle acquiesça, où aurait-il pu dormir? Il voulait s'assurer que tout était prêt avant d'envoyer un message sur le site des woofeurs. À l'allure où elles grandissaient, il faudrait bientôt s'occuper des orties du champ d'en haut, on allait avoir besoin d'aide. À l'idée d'une nouvelle récolte, je sentis des picotements dans mes paumes. J'aimais bien ce moment à la ferme, ces gestes partagés, et même la fatigue qui nous tombait dessus en milieu de journée, je l'accueillais avec reconnaissance. Anaïs déplaça les chaises pour que nous puissions nous asseoir au soleil. Noé apparut à la fenêtre de sa chambre. Il avait de petits yeux.

— Ça vous dérangerait de faire moins de bruit, il y en a qui dorment!

— Pauvre chou chéri, commenta Anaïs, et elle retrouva son air de gosse.

Je demandai à Noé de s'habiller, maintenant qu'il était réveillé. Nous devions aller chercher Cheese qui, pour des raisons compliquées à expliquer, nous attendait à deux cents kilomètres d'ici.

Le temps que je me change, que Noé se lave, qu'il s'habille, qu'il prenne son petit-déjeuner, il était déjà l'heure du courrier. Un pli plus grand que les autres m'attendait dans la boîte aux lettres. Il s'agissait des résultats de mes analyses sanguines. Je ne pus m'empêcher de sourire en lisant la conclusion du laboratoire. Noé me demanda ce qu'il y avait.

— Il y a que...

— Que quoi ?

— Que tout va bien. Je manque juste de fer. Il va falloir que je mange encore plus d'orties !

La voiture sentait l'herbe coupée, quelques échantillons étaient restés à l'arrière. Fred avait pensé aux encens et aux parfums d'ambiance, mais pas à ces feuilles que l'on suspendait par un élastique aux rétroviseurs intérieurs des voitures. Il y avait là un filon à exploiter. Noé appuya sur le bouton de la radio. Nul, nul, nul, dit-il en faisant défiler les stations. Il s'arrêta finalement sur un morceau qu'il semblait connaître. Deux vélos arrivaient en sens inverse. Les jumeaux actionnèrent leur sonnette pour nous saluer. J'avais caché le foulard et son grelot dans la réserve, j'allais en avoir besoin, pensai-je. Ma gorge se durcit, un peu plus et je fondais en larmes. Je me revoyais avec Fred sur la route du village, la première fois. Nous nous étions arrêtées devant un tilleul pour observer les soldats qui allaient et venaient le long du tronc. Des soldats pacifiques, avec des masques sur le dos. Des soldats qui faisaient l'amour en marchant pendant des jours, des heures, et parfois s'arrêtaient nez à nez. Qui céderait la place à l'autre ? Quand Fred m'écrivait de ne pas la chercher, c'était peut-être pour dire : ne me cherche pas, sinon tu vas me trouver. Fallait-il prendre son injonction à la lettre – mais de quel côté de la lettre ? De quel côté du morceau de papier ? La voix de Noé interrompit mes pensées. Il me demandait si j'avais vu la photo de la nouvelle woofeuse, celle que Simon avait repérée sur le site. Non, je ne l'avais pas vue, pourquoi ?

*

Charlie nous accueillit sur le pas de la porte, toutes dents dehors. Il nous remercia d'être arrivés si vite. Cookie en déshabillé noir vint le rejoindre. Elle le dépassait d'une tête, ils étaient beaux tous les deux. Quand j'ouvris la portière du camion, Cheese nous fit la fête. Il sauta au-dehors et se mit à tourner autour de Noé en poussant des aboiements de joie. Je sortis le blouson que Fred avait laissé et, comme tout le monde regardait ailleurs, le serrai contre mon ventre. Une sensation de chaleur m'envahit. C'était à moi de porter notre amour, personne n'allait me dire ce que je devais faire ou ne pas faire. Personne, ni Simon ni Frederica.

Noé demanda à Charlie si par hasard il savait où se trouvait la peluche qu'il avait gagnée au stand de tir. La dernière fois qu'il l'avait vue, elle dansait sur la scène avec Fred, ensuite il avait perdu sa trace. Cookie l'entraîna dans la cuisine. Minnie était attablée devant une assiette de porridge, une serviette nouée autour du cou. Noé prit une photo pour la montrer à son père. Simon n'avait pas voulu nous accompagner. Il avait, disait-il, des choses à ranger.

Les recettes évoquées dans ce roman appartiennent au domaine de la fiction, ainsi que les conseils de culture et de fabrication des produits dérivés de la divine plante, libre à vous de les expérimenter... à vos risques et périls. Pour en savoir plus sur l'ortie, son histoire et ses multiples utilisations, je vous conseille l'ouvrage de Bernard Bertrand, Les Secrets de l'ortie, *Éditions de Terran, 1995.*

Merci aux cabanes de la Fondation Jan Michalski (surtout celle au fond à gauche en regardant la forêt) et à Anne Sylvestre pour sa chanson Les gens qui doutent, *qui passait à la radio juste au moment où j'ai envoyé ce roman chez Gallimard.*

DE LA MÊME AUTRICE

Romans et récits

Aux Éditions Gallimard

SIRÈNE, 1985. Prix Max Barthou de l'Académie française (« Folio » nº 3415).

LA GIRAFE, 1987 (« Folio » nº 2065).

ANATOMIE D'UN CHŒUR, 1990 (« Folio » nº 2402).

L'HYPNOTISME À LA PORTÉE DE TOUS, 1992 (« Folio » nº 2640).

LA CARESSE, 1994 (« Folio » nº 2668).

CELUI QUI COURT DERRIÈRE L'OISEAU, 1996 (« Folio » nº 3173).

DOMINO, 1998 (« Folio » nº 3551).

LA NOUVELLE PORNOGRAPHIE, 2000 (« Folio » nº 3669).

LA REINE DU SILENCE, 2004. Prix Médicis (« Folio » nº 4315).

VOUS DANSEZ ?, 2005 (« Folio » nº 4568).

LES INSÉPARABLES, 2008. Prix Georges Brassens (« Folio » nº 5042).

PHOTO-PHOTO, 2010 (« Folio » nº 5407).

JE SUIS UN HOMME, 2013 (« Folio » nº 5732).

LA PLAGE, 2016 (« Folio » nº 6333).

LES CONFIDENCES, 2019. Prix littéraire de la ville d'Arcachon (« Folio » nº 6897).

LE PALAIS DES ORTIES, 2020 (« Folio » nº 7020).

Aux Éditions du Mercure de France

UN ENFANT DISPARAÎT, 2005 (« Le Petit Mercure »).

Aux Éditions Actes Sud Papiers

LA CONFUSION, 2011.

ADOPTEZ UN ÉCRIVAIN, 2012.

LA COURSE AUX CHANSONS, 2012, illustrations Christophe Merlin (« Heyoka Jeunesse »).

NOËL REVIENT TOUS LES ANS.

LA VIOLENCE DES POTICHES et autres monologues féminins, 2016.

Aux Éditions Hazan

DES ENFANTS, 1997, photographies de Sabine Weiss.

Chez Somogy éditions d'Art

CHIENS CACHORROS DOGS, 2017, photographies d'Alécio de Andrade.

Aux Éditions Albin Michel Jeunesse

COMMENT L'ÉLÉPHANT A PERDU SES AILES, 1998, illustrations Hélène Riff.

LES TROIS SŒURS CASSEROLES, 2000, illustrations Frédéric Rébéna.

CHARIVARI À COT-COT CITY, 2001, illustrations Christophe Merlin.

LE MONDE DE NOUNOUILLE, 2001, illustrations Clément Oubrerie.

AU BONHEUR DES LAPINS, 2015, illustrations Béatrice Rodriguez.

Aux Éditions Gallimard Jeunesse

UNE MÉMOIRE D'ÉLÉPHANT, 1998, illustrations Quentin Blake.

LES TROMPES D'EUSTACHE, 2005, illustrations William Wilson.

LA KANGOUROUTE, 2006, illustrations William Wilson.

Aux Éditions Paris-Musées

ETNA, LA FILLE DU VOLCAN, 2003, illustrations Hervé di Rosa.

Aux Éditions Benjamin media

MIMINE ET MOMO, 2012, illustrations Thomas Baas, musique et chant Élise Caron.

Ouvrages collectifs

NOUVELLES D'AFRIQUE, *Gallimard*, 2003.

VU DE LA LUNE. Nouvelles optimistes, *Gallimard*, 2005.

PRENEZ SOIN DE VOUS, collaboration au livre de Sophie Calle, *Actes Sud*, 2007.

LES MONSTRES, *L'avant-scène théâtre / La Comédie-Française*, 2009.

100 ÉCRIVAINS, 100 MONUMENTS, *Éditions du Patrimoine*, 2009.

ICI ET LÀ, OU BIEN AILLEURS, *Gallimard*, 2014.

TU VAS RIRE, *Thierry Magnan*, 2016.

SCANDALE. Le Paris des Femmes, *L'avant-scène théâtre*, 2016.

PETITS ROMANS DU HAVRE, *Gallimard*, 2017.

ARMISTICE, *Gallimard*, 2018.

Composition PCA/CMB
Impression Maury Imprimeur
45330 Malesherbes
le 28 décembre 2021
Dépôt légal : décembre 2021
Numéro d'imprimeur : 259672

ISBN 978-2-07-296247-9 / Imprimé en France.

401268